馬德　呂義　主编

敦煌草書寫本識粹

文心雕龍上部殘本

呂義　編著

社會科學文獻出版社
SOCIAL SCIENCES ACADEMIC PRESS (CHINA)

#《敦煌草書寫本識粹》編委會

顧問：鄭汝中

編輯委員會（以姓氏筆畫爲序）：

王柳霏 呂 義 呂洞達 段 鵬 姚志薇 馬 德 馬高强 陳志遠

盛岩海 張 遠

總序

一九〇〇年，地處中國西北戈壁深山的敦煌莫高窟，封閉千年的藏經洞開啓，出土了數以萬計的敦煌寫本文獻。其中僅漢文文書就有近六萬件，而草書寫本則有四百多件二百餘種。同其他敦煌遺書一樣，由於歷史原因，這些草書寫本分散收藏於中國國家圖書館、英國國家圖書館、法國國家圖書館、故宫博物院、上海博物館、南京博物院、天津博物館、敦煌市博物館、日本書道博物館等院館。因此，同其他書體的敦煌寫本一樣，敦煌草書寫本也是一百二十年來世界範圍内的研究對象。

（一）

文字是對所有自然現象、社會發展的記載，是對人們之間語言交流的記録，人們在不同的環境和場合就使用不同的書體。敦煌寫本分寫經與文書兩大類，寫經基本爲楷書，文書多爲行書，而草書寫本多爲佛教經論的詮釋類文獻。

敦煌草書寫本大多屬於聽講記録和隨筆，係古代高僧對佛教經典的詮釋和注解，也有一部分抄寫本和佛典摘要類的學習筆記；寫卷所採用的書體基本爲今草，也有一些保存有濃厚的章草遺韻。

敦煌草書寫本雖然數量有限，但具有不凡的價值和意義。

首先是文獻學意義。敦煌草書寫本是佛教典籍中的寶貴資料，書寫於一千多年前的唐代，大多爲聽講筆記的孤本，僅存一份，無複本，也無傳世文獻相印證，均爲稀世珍品、連城罕物，具有極高的收藏價值、文物價值、研究價值。而一部分雖然有傳世本可鑒，但作爲最早的手抄本，保存了文獻的原始形態，對傳世本錯訛的校正作用顯而易見；更有一部分經過校勘和標注的草書寫本，成爲後世其他抄寫本的底本和範本。所以，敦煌草書寫本作爲最原始的第一手資料可發揮重要的校勘作用；同時作爲古代寫本，保存了諸多引人注目的古代異文，提供了豐富的文獻學和文化史等學科領域的重要信息。

其次是佛教史意義。作爲社會最基層的佛教宣傳活動的内容記録，以通俗的形式向全社會進行佛教的普及宣傳，深入社會，反映了中國大乘佛教的「入世」特色，是研究佛教的具體信仰形態的第一手資料。通過對敦煌草書寫本文獻的整理研究，可以窺視當時社會第一綫的佛教信仰形態，進而對古代敦煌以及中國佛教進行全方位的瞭解。

再次是社會史意義。多數草書寫本是對社會最基層的佛教宣傳活動的内容記録，所講内容緊貼社會生活，運用民間方言，結合風土民情，特別是大量利用中國歷史上的神話傳説和歷史故事來詮釋佛教義理，展現出宣講者淵博的學識和對中國傳統文化的認知。同時向世人展示佛教在社會發展進步中的歷史意義，進一步發揮佛教在維護社會穩定、促進社會發展方面的積極作用，也爲佛教在當今社會的傳播和發展提供歷史借鑒。另外有少數非佛典寫本，其社會意義則更加明顯。

最後是語言學的意義。隨聽隨記的草書寫本來源於活生生的佛教生活，内容大多爲對佛經的注解和釋義，將佛教經典中深奥的哲學理念以大衆化的語言進行演繹。作爲聽講記録文稿，書面語言與口頭語言混用，官方術語與民間方言共存；既有佛教術語，又有流行口語……是没有經過任何加工和處理的原始語言，保存了許多生動、自然的口語形態，展示了一般書面文獻所不具備的語言特色。

當然還有很重要的兩點，就是草書作品在文字學和書法史上的意義。其一，敦煌草書寫本使用了大量的異體字和俗體字，這些文字對考訂相關漢字的形體演變，建立文字譜系，具有重要的價值，爲文字學研究提供了豐富的原始資料。其二，草書作爲漢字的書寫體之一，簡化了漢字的寫法，是書寫進化的體現。敦煌寫本使用草書文字，結構合理，運筆流暢，書寫規範，書體標準，傳承有序；其中許多草書寫卷，堪稱中華書法寶庫中的頂級精品，許多字形不見於現今中外草書字典。這些書寫於千年之前的草書字，爲我們提供了大量的古代草書樣本，所展示的標準的草書文獻，對漢字草書的書寫和傳承有正軌和規範的作用，給各類專業人員提供完整準確的研習資料，爲深入研究和正確認識草書字體與書寫方法，解決當今書法界的很多争議，正本清源，提供了具體材料，從而有助於傳承中華民族優秀傳統文化。同時，一些合體字，如「𦬇」（菩薩）、「𦬊」（菩提）、「卌」、「𠦃」或「夾」（涅槃）等，個别的符代字如「煩々」（煩惱）等，可以看作速記符號的前身。

總之，敦煌草書寫本無論是在佛教文獻的整理研究領域，還是對書法藝術的學習研究，對中華民族優秀傳統文化的傳承和創新都具有深遠的歷史意義和重大的現實意義，因此亟須挖掘、整理和研究。

（二）

遺憾的是，敦煌遺書出土歷兩個甲子以來，在國內，無論是學界還是教界，大多數研究者專注於書寫較爲工整的楷書文獻，對於字迹較難辨認但内容更具文獻價值和社會意義的草書寫本則重視不够。以往的有關成果基本上散見於敦煌文獻圖録和各類書法集，多限於影印圖片，釋文極爲少見，研究則更少。這使草書寫本不但無法展現其内容和文獻的價値意義，對大多數的佛教文獻研究者來講仍然屬於「天書」；而且因爲没有釋文，不僅無法就敦煌草書佛典進行系統整理和研究，即使是在文字識别和書寫方面也造成許多誤導——作爲書法史文獻也未能得到正確的認識和運用。相反，曾有日本學者對部分敦煌草書佛典做過釋文，雖然每見訛誤，但收入近代大藏經而廣爲流傳。此景頗令國人汗顔。

敦煌文獻是我們的老祖宗留下來的文化瑰寶，中國學者理應在這方面做出自己的貢獻。三十多年前，不少中國學人因爲受「敦煌在中國，敦煌學在外國」的刺激走上敦煌研究之路。今天，中國的敦煌學已經走在世界前列，但是我們不得不承認，還有一些領域，學術界關注得仍然不够，比如説對敦煌草書文獻的整理研究。這對於中國學界和佛教界來説無疑具有强烈的刺激與激勵作用。因此，敦煌草書寫本的整理研究不僅可以填補國内的空白，而且在一定程度上仍然具有「一雪前耻」的學術和社會背景。

爲此，在敦煌藏經洞文獻面世一百二十年之際，我們組織「敦煌草書寫本整理研究」項目組，計劃用八年左右的時間，對敦煌莫高窟藏經洞出土的四百多件二百餘種草書寫本進行全面系統的整理研究，内容包括對目前已知草書寫本的釋録、校注和内容、背景、草書文字等各方面的研究，以及相應的人才培養。這是一項龐大而繁雜的系統工程。《敦煌草書寫本識粹》即是這一項目的主要階段性成果。

（三）

《敦煌草書寫本識粹》從敦煌莫高窟藏經洞出土的四百多件二百餘種草書寫本中選取具有重要歷史文獻價值的八十種，分四輯編輯爲系列叢書八十册，每册按照統一的體例編寫，即分爲原卷原色圖版、釋讀與校勘和研究綜述三大部分。

寫本文獻編號與經名或文書名。編號爲目前國際通用的收藏單位流水號（因竪式排版，收藏單位略稱及序號均用漢字標識），如北敦爲中國國家圖書館藏品，斯爲英國國家圖書館藏品，伯爲法國國家圖書館藏品，故博爲故宫博物院藏品，上博爲上海博物館藏品，津博爲天津博物館（原天津市藝術博物館併入）藏品，南博爲南京博物院藏品等；卷名原有者襲之，缺者依内容擬定。對部分寫本中卷首與卷尾題名不同者，或根據主要内容擬定主題卷名，或據全部内容擬定綜述性卷名。

釋文和校注。竪式排版，採用敦煌草書寫本原件圖版與釋文、校注左右兩面對照的形式：展开後右面爲圖版頁，左面按原文分行竪排釋文，加以標點、斷句，並在相應位置排列校注文字。釋文按總行數順序標注。在校注中，爲保持文獻的完整性和便於專業研究，對部分在傳世大藏經中有相應文本者，或寫本爲原經文縮略或摘要本者，根據需要附上經文原文或提供信息鏈接；同時在寫本與傳世本的異文對照、對比方面，進行必要的注釋和説明，求正糾誤，去僞存真。因草書寫本多爲聽講隨記，故其中口語、方言使用較多，校注中儘量加以説明，包括對使用背景與社會風俗的解釋。另外，有一些草書寫本有兩個以上的寫卷（包括一定數量的殘片），還有的除草書外另有行書或楷書寫卷，在校釋中以選定的草書寫卷爲底本，以其他各卷互校互證。

研究綜述。對每卷做概括性的現狀描述，包括收藏單位、編號、保存現狀（首尾全、首全尾缺、尾缺、尾殘等）、寫本内容、時代、作者、抄寫者、流傳情況、現存情况等。在此基礎上，分内容分析、相關的歷史背景、獨特的文獻價值意義、書寫規律及其演變、書寫特色及其意義等問題，以歷史文獻和古籍整理爲主，綜合運用文字學、佛教學、歷史學、書法學等各種研究方法，對精選的敦煌草書寫本進行全面、深入、系統的研究，爲古籍文獻和佛教研究者提供翔實可靠的資料。另外，通過對草書文字的準確識讀，進一步對其中包含的佛教信仰、民俗風情、方言術語及其所反映的社會歷史背景等進行深入的闡述。

與草書寫本的整理研究同時，全面搜集和梳理所有敦煌寫本中的草書文字，編輯出版敦煌草書寫本字典，提供標準草書文字字形及書體，分析各自在敦煌草書寫本中的文字和文獻意義，藉此深入認識漢字的精髓，在中國傳統草書書法方面做到正本清源，又爲草書文字的學習和書寫提供準確、規範的樣本，傳承中華優秀傳統文化。在此基礎上，待條件成熟時，編輯《敦煌寫卷行草字典合輯》，也將作爲本項目的階段性成果列入出版計劃。

《敦煌草書寫本識粹》第一輯有幸得到二〇一八年國家出版基金的資助；蘭州大學敦煌學研究所將「敦煌草書文獻整理研究」列爲所内研究項目，並争取到學校和歷史文化學院相關研究項目經費的支持；部分工作列入馬德主持的國家社會科學基金重大項目「敦煌遺書數據庫建設」，並得到了適當資助，保證整理、研究和編纂工作的順利進行。

希望《敦煌草書寫本識粹》的出版，能够填補國内敦煌草書文獻研究的空白，開拓敦煌文獻與敦煌佛教研究的新領域，豐富對佛教古籍、中國佛教史、中國古代社會的研究。

由於編者水平有限，錯誤之處在所難免。我們殷切期望各位專家和廣大讀者的批評指正。同時，我們也將積極準備下一步整理研究敦煌草書文獻的工作，培養和壯大研究團隊，取得更多更好的成果。

是爲序。

馬德　吕義

二〇二一年六月

釋校凡例

一、本册以斯〇五四七八爲底本（文中稱「唐本」），參校范文瀾《文心雕龍注》（人民文學出版社，一九七八，文中稱「范本」），參校林其錟、陳鳳金集校《敦煌遺書文心雕龍殘卷集校》（上海書店出版社，一九九一，文中稱《集校》本），參校《黄叔琳注本文心雕龍》（國家圖書館出版社，二〇一七，文中稱「黄本」），參校《元刊本文心雕龍》（上海古籍出版社，一九九三，文中稱「至正本」），參校《太平御覽》（中華書局，二〇一七）。

二、釋録時，一般採用《漢語大字典》收録的通用繁體字。

凡唐本中皇帝避諱之字（淵、世、民、旦），均不用缺筆字形，而用通用正字録出，相關的（桊、牒）則依唐本字形。凡與避諱字相關之字，均在校注中加以説明。

凡爲歷代字書所收有淵源的異體字、古體字、俗字、假借字（如与、万、礼等），一般照録。爲明瞭字形，個别字（如亟、仇、美等）釋文用正字，字之異處在校注中説明。

凡唐代官方認可並見諸正楷寫卷及碑刻之字，其與今簡化字相同者（如乱、継、浃等），爲反映寫卷原貌，均原樣録出。

三、録文主要參校范本，個别字亦參校《太平御覽》、至正本、黄本和《集校》本，凡與寫卷存字有異者，未依字形照録之字，則在校注中注之。

四、釋文標點主要依范本，個别處小有改動。

五、校注之字、基本出於首行，其後不一一注之。

目録

《文心雕龍》（斯〇五四七八）釋校

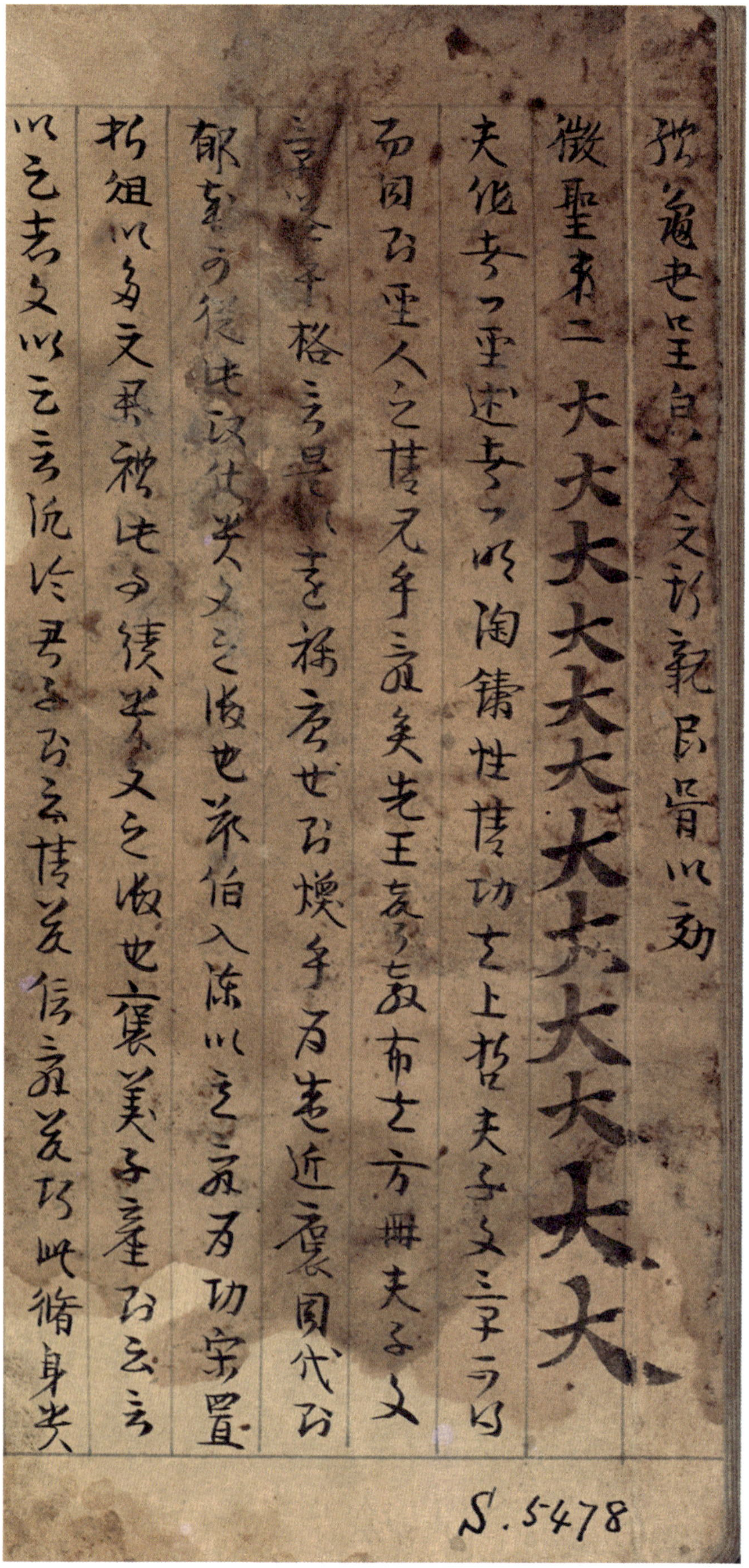

一 體，龜[一]書呈皃[二]。天文斯觀，民[三]胥[四]以効[五]。

二 徵[六]聖弟[七]二

三 夫作者曰聖，述者曰明，陶鑄性情，功在上哲，夫子文章，可得而聞，則聖人之情，見乎[八]辭矣。先王聲教[九]，布在方册[一〇]；夫子文章[一一]，溢乎格言。是以遠稱唐世[一二]，則焕乎爲盛；近褒[一三]周代，則郁哉可從；此政化貴文之徵也。鄭伯入陳，以立[一四]辭爲功；宋置折俎，以多文舉[一五]禮。此事績[一六]貴文之徵也。褒美[一七]子産，則云言以足志，文以足言；氿[一八]論君子，則云情欲信，辭欲巧。此脩[一九]身貴

校注

【一】「龜」，自漢隸至今，其頭作「⺈」，而《新華字典》作「龜」，其頭作「ノ」。【二】「皃」，古字，范本作「貌」，字同。【三】「民」，唐本缺筆，避李世民諱。【四】「肙」，古字，范本作「胥」，字同。【五】「効」，范本作「傚」，高亨《古字通假會典》：「効」與「傚」古通。此行存十三字，乃《原道第一》之文，前缺。【六】至正本、黄本之「徵」字皆低正文二格。【七】「弟」，古「第」字，范本作「第」。此行下有十二個「大」字，與本文無關，乃後人書。【八】「乎」下，范本有「文」。【九】「聲教」，范本作「聖化」。【一〇】「册」，范本作「冊」，字同。【一一】「文章」，范本作「風采」。【一二】「世」，唐本避李世民諱，右少一竪。【一三】「褒」，范本作「襃」，字同。【一四】「立」，范本作「文」。【一五】「舉」，范本作「擧」，字同。【一六】「績」，范本作「蹟」，古通。【一七】「美」，唐本右有一點，古寫法，唐顏真卿《郭家廟碑》《勤禮碑》同此。【十八】「氿」，范本作「泛」，字同。《漢語大字典》：「汎、泛同。」秦公《碑别字新編》二八頁：「汎，收氿。」如此可證「氿」同「泛」。又《漢語大字典》「凡，俗作九」，在「水」部，收「汎」而未收「氿」。【十九】「脩」，范本作「修」。《漢語大字典》：「脩，收有隸書脩、脩。」《字彙補·肉部》：「脩，與修通。」

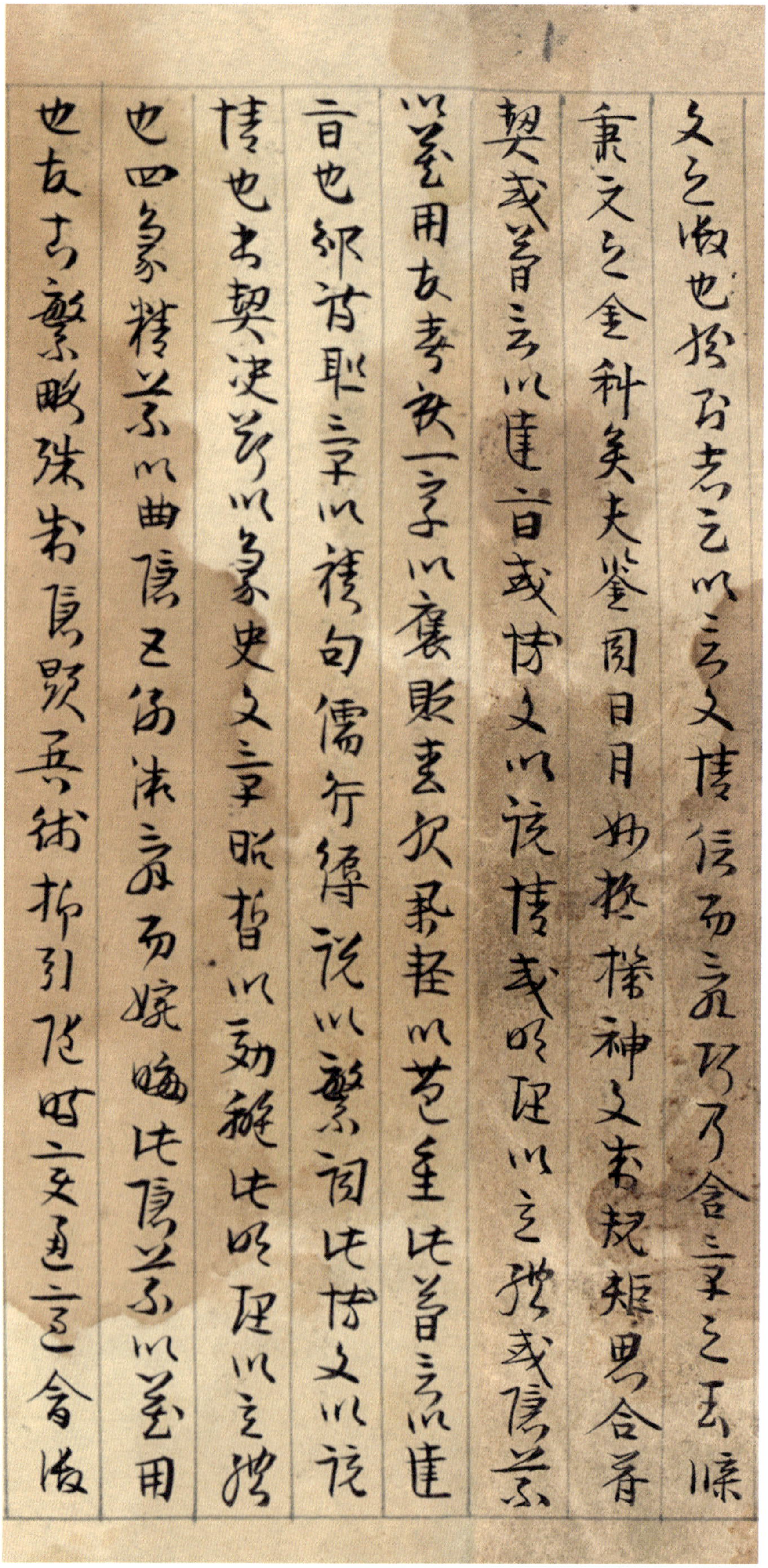
文之徵也然則志足以言文情信而辭巧乃含章之玉牒
秉文之金科矣夫鑒周日月妙極機神文成規矩思合符
契或簡言以達旨或博文以該情或明理以立體或隱義
以藏用故春秋一字以褒貶喪服舉輕以包重此簡言以達
旨也邠詩聯章以積句儒行縟說以繁辭此博文以該
情也書契決斷以象夬文章昭晳以效離此明理以立體
也四象精義以曲隱五例微辭以婉晦此隱義以藏用
也故知繁略殊形隱顯異術抑引隨時變通適會徵

九 文之徵也。然則志足以[一]言文，情信而辭巧，乃[二]含章之玉牒[三]，

一〇 秉文之金科矣。夫鑒[四]周日月，妙極機神，文成規矩，思合符

一一 契[五]；或簡言以達旨[六]，或博文以該情，或明理以立體，或隱[七]義

一二 以藏[八]用。故春秋一字以褒貶，喪服舉輕[九]以苞[一〇]重，此簡言以達

一三 旨也。邠詩聯[一一]章以積句，儒行縟說以繁詞[一二]，此博文以該

一四 情也。書契决断[一三]以象史[一四]，文章昭晢[一五]以効[一六]離[一七]，此明理以立體

一五 也。四象精義以曲隱，五例微辭而[一八]婉晦，此隱義以藏用

一六 也。故知繁略殊制[一九]，隱顯異術，抑引隨[二〇]時，變通適會[二一]，徵

校注

【一】「以」，范本作「而」。【二】「乃」，范本作「迺」，字同。【三】「𤗗」，范本作「牒」，字同；右上「世」作「云」，避李世民諱。【四】「鑒」，范本作「鑒」，字同，「鑒」與「監」古通。【五】「契」，范本作「契」，字同；王羲之《蘭亭序》「契」作「契」。【六】「旨」，「旨」或體，范本作「旨」。【七】「隐」，范本作「隱」，字同，南朝陳《佛說生經》作「隐」。【八】「蔵」，俗字，范本作「藏」，字同。【九】「軽」，俗字，范本作「輕」，字同。【一〇】「苞」，范本作「包」，古通。【一一】「聮」，范本作「聯」，字同。【一二】「詞」，范本作「辭」，古通。【一三】「决断」，范本作「斷決」，「断」「斷」字同。【一四】「史」，范本作「夬」，是。【一五】「晢」，范本作「晣」。【一六】「効」，范本作「象」。【一七】「離」，俗字，范本作「離」，字同。【一八】「而」，范本作「以」。【一九】「制」，范本作「形」。【二〇】「随」，范本作「隨」，字同。【二一】「適會」，范本作「會適」。

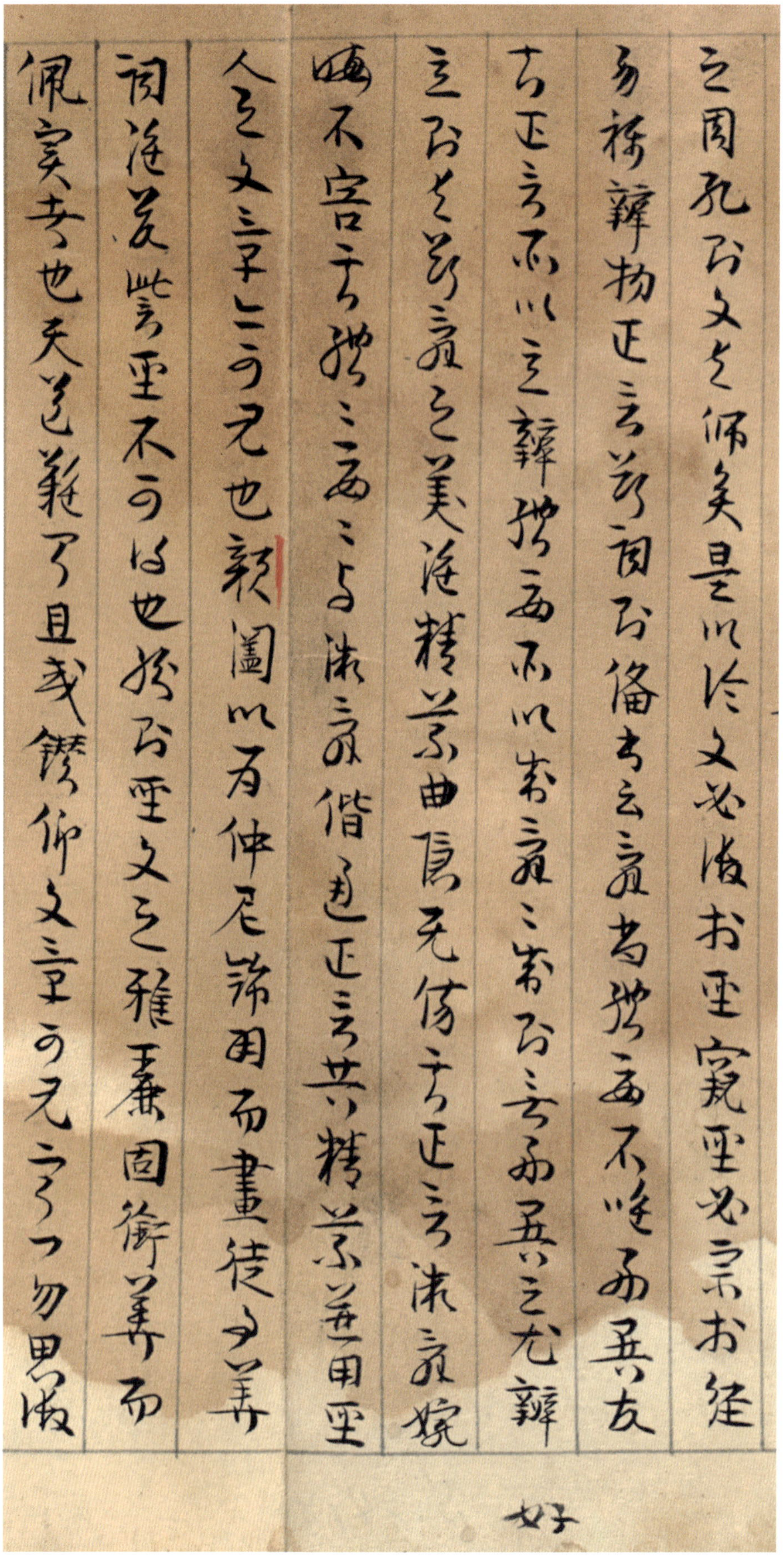

一七

之周孔。則文有師矣。是以[一]論文，必徵於[二]聖。窺聖[三]必宗於經[四]。

易稱辨物正言，斷詞則偹[五]；書云辭尚體要，不[六]唯[七]好異，故知正言所以立辨[八]，體要所以成辭，辭成則[九]無好異之尤，辨[一〇]立則[一一]有斷辭之美[一二]。雖精義曲隱，无傷其正言；微辭婉晦，不害[一三]其體要。體要与[一四]微辭偕通，正言共精義並用，聖人之文章，亦可見也。顔闔[一五]以爲，仲尼飾羽而畫，徒事華詞。雖欲訾聖，不可得也[一六]。然則聖文之雅麗，固銜華而佩實者也。天道難聞，且[一七]或鑽[一八]仰；文章可見，寧曰[一九]勿思？徵[二〇]

校注

【一】「以」下，范本有「子政」。【二】「扵」，范本作「於」，字同。【三】「窺聖」，范本無，但作「稚圭勸學」。【四】「經」，范本作「經」，字同，由漢至清，兩字並行。【五】「偹」，范本作「備」，字同。【六】「不」，范本作「弗」，古通。【七】「唯」，范本作「惟」，古通。【八】「辨」，范本作「辯」，古通。【九】「則」，范本無。【一〇】一九行下框下有一小楷「好」，乃後人書。【一一】「則」，范本無。【一二】「美」，范本作「義」。【一三】「害」，俗字，范本作「害」，字同。【一四】「与」，范本作「與」，字同。【一五】「闔」，俗字，范本作「闔」，字同。【一六】「不可得也」，范本作「弗可得已」。【一七】「且」，范本作「猶」。【一八】「鑽」，范本作「鑽」，字同。【一九】「寧曰」，范本作「胡寧」。【二〇】「徵」上，范本有「若」。

二五

聖立言，則文其庶矣。 讚[一]曰：妙極生知，叡[二]哲惟宰。精

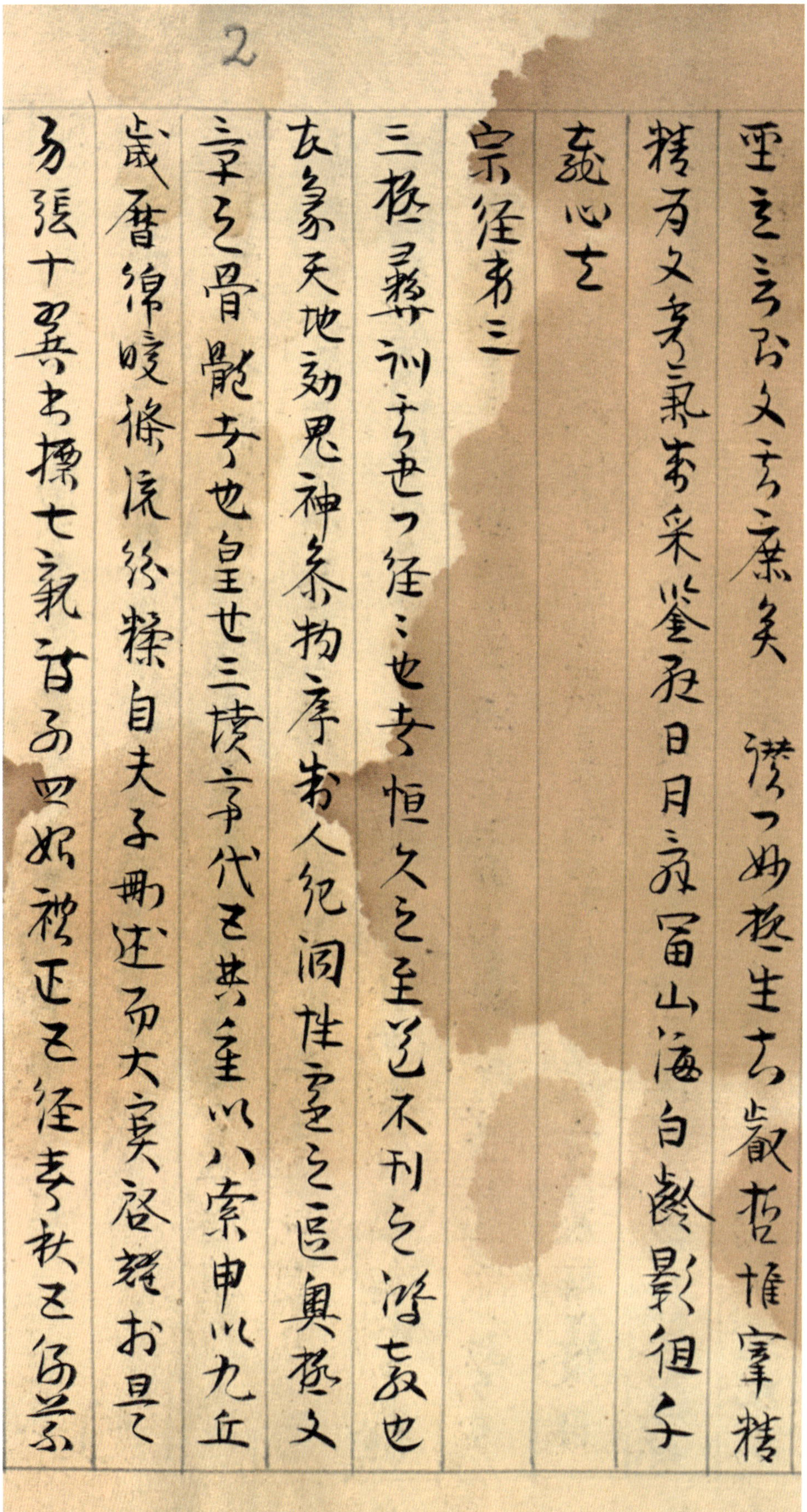

聖立言則文其庶矣　讚曰妙極生知叡哲惟宰精
理爲文秀氣成采鑒懸日月辭富山海百齡影徂千
載心在

宗經第三

三極彝訓其書言經經也者恒久之至道不刊之鴻教也
故象天地效鬼神參物序制人紀洞性靈之奧區極文
章之骨髓者也皇世三墳帝代五典重以八索申以九丘
歲歷綿曖條流紛糅自夫子刪述而大寶啓耀於是
易張十翼書標七觀詩列四始禮正五經春秋五例

精[三]爲文，秀氣成采。鑒懸日月，辭冨[四]山海。白[五]齡影徂，千

載心在。

宗経弟三

三極彛[六]訓，其書日[七]経。経也者，恒久之至道，不刊之鴻教也。

故象天地，効[八]鬼[九]神，叅[一〇]物序，制人紀，洞性靈之區奥[一一]，極文

章之骨髄[一二]者也。皇世三墳，帝代五典，重以八索，申以九丘[一三]，

歲[一四]暦[一五]綿曖，條[一六]流紛糅。自夫子刪[一七]述，而大寶啟[一八]耀。於是

易張十翼，書摽[一九]七觀，詩列四始，禮正五経，春秋五例，義

校注

【一】「讃」，范本作「贊」，古通。【二】「叡」，同「叡」，范本作「睿」，字同。【三】「精」，范本作「理」，是。【四】「冨」，范本作「富」，字同。【五】「白」，范本作「百」，是。【六】「彛」，范本作「彝」，字同。【七】「日」，范本作「言」。【八】「効」，范本作「效」，字同。【九】「鬼」，范本作「鬼」，唐本上少一撇，此構形見於秦漢簡牘和漢隸，北魏及隋唐亦然，且最後之「厶」作「、」。【一〇】「叅」，范本作「參」，字同。【一一】「區奥」，范本作「奥區」。【一二】「髄」，范本作「髓」，字同。【一三】「丘」，范本作「邱」，誤。雍正三年「丘」避諱作「邱」。【一四】「歲」，《干禄字書》：「嵗、歳、歲」，上俗、中通、下正。【一五】「暦」，「暦」之俗字，范本作「歷」，「暦」「歷」古通。【一六】「條」，同「條」，唐本作「亻」旁，古寫法。【一七】「刪」，范本作「刪」，字同。【一八】「啟」，范本作「啟」。【一九】「摽」，范本作「標」，古通。

二四 既[一]挺[二]乎性情，辭亦匠乎[三]文理，故能[四]開學養正，昭明有融。

二五 然而道心惟微，聖謨卓絕，墻[五]宇重峻，吐[六]納自深。譬万[七]

鈞之洪鍾，無錚錚之細響[八]矣。夫易惟談天，入神致用。故繫稱旨遠詞高[九]，言中事隱，韋編三絶，故[一〇]哲人之驪淵[一一]也。書實紀[一二]言，而詁訓[一三]芒[一四]昧，通乎尔[一五]雅，則文意曉然。故子夏歎書，昭昭若日月之代[一六]明，離離如星晨之錯[一七]行[一八]，言照[一九]灼也。詩之[二〇]言志，詁訓同書，摛風裁興，藻辭譎喻[二一]，温[二二]柔在誦，最[二三]附深衷矣。禮以立體，據事制範，章條纖[二四]

校注

【一】「既」，范本作「既」，字同。【二】「挺」，范本作「極」。【三】「乎」，范本作「於」。【四】「能」，范本作「能」，字同。【五】「墻」，范本作「牆」，字同。【六】「吐」上，范本有「而」。【七】「万」，范本作「萬」，字同。【八】「響」，唐本「鄉」無上點。此字形始於漢隸，至唐承之。【九】「高」，范本作「文」。【一〇】「故」，范本作「固」，古通。【一一】「淵」，唐本避諱李淵，缺筆。【一二】「紀」，范本作「記」，古通。【一三】「詁訓」，范本作「訓詁」。【一四】「芒」，范本作「茫」，古通。【一五】「尔」，古亦作「尔」「尒」「尒」「爾」，范本作「爾」。【一六】「代」，范本無。【一七】「錯」，范本無。【一八】「行」以上十六字，唐歐陽詢《卜商讀書帖》：昭昭如日月之代明，離離如參辰之錯行。【一九】「照」，范本作「昭」。【二〇】「之」，范本作「主」。【二一】「喻」，范本作「喻」，字同。【二二】「温」，范本作「溫」，字同。【二三】「最」上，范本有「故」。【二四】「纖」，范本作「纖」，字同。

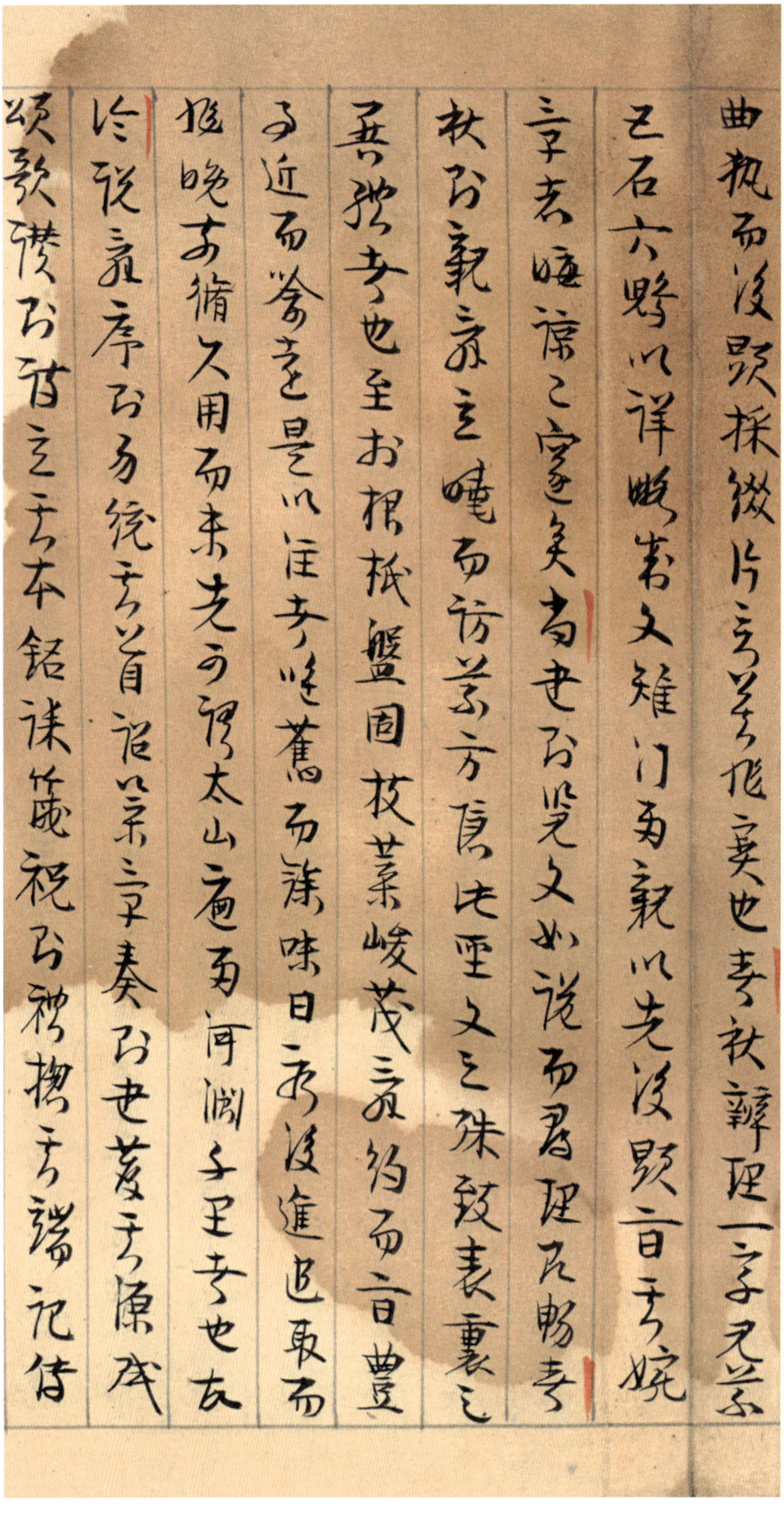

曲執而後顯採綴片言莫非寶也春秋辨理一字見義
五石六鷁以詳略成文雉門兩觀以先後顯旨其婉
章志晦諒以邃矣尚書則覽文如詭而尋理即暢春
秋則觀辭立曉而訪義方隱此聖文之殊致表裏之
異體者也至於根柢盤固枝葉峻茂辭約而旨豐
事近而喻遠是以往者雖舊餘味日新後進追取而
非晚前修久用而未先可謂太山遍雨河潤千里者也故
論說辭序則易統其首詔策章奏則書發其源賦
頌歌讚則詩立其本銘誄箴祝則禮總其端紀傳

四二　曲，執而後顯，採綴[一]片[二]言，莫非寶也。春秋辨理，一字見義，

四三　五石六鷁[三]，以詳略成文；雉門兩觀，以先後顯旨，其婉

章志晦，諒已[四]邃矣。尚書則覽[五]文如詭，而尋理即暢；春秋則觀辭立曉，而訪義方隐。此聖文[六]之殊致[七]，表裏之異體者也。至於[八]根柢[九]盤[一〇]固[一一]，枝菜[一二]峻茂，辭約而旨豊[一三]，事近而喻遠，是以往者唯[一四]舊[一五]，而[一六]餘味日新，後進追取而非晚，前脩久[一七]用而未先，可謂太山遍[一八]雨，河潤千里者也。故論説辭序，則易統其首；詔筞[一九]章奏，則書發其源；賦頌歌[二〇]讚[二一]，則詩立其夲[二二]；銘誄箴祝，則禮揔[二三]其端；記[二四]傳

校注

【一】「綴」，范本作「掇」。【二】「片」，范本作「生」。【三】「鴅」，范本作「鵶」，字同。【四】「已」，范本作「以」，古通。【五】「覽」，范本作「覽」，字同。【六】「文」，范本作「人」。【七】「致」，自漢隸至唐楷均有此形，范本作「致」，字同。【八】「於」，范本無。【九】「柢」，范本作「柢」，字同，其形見唐吳彩鸞《唐韻册》。【一〇】「盤」，范本作「槃」，古通。【一一】「固」，范本作「深」。【一二】「菜」，范本作「葉」，字同；唐避李世民諱。【一三】「豊」，范本作「豐」，字同。【一四】「唯」，范本作「雖」。【一五】「舊」，俗字，范本作「舊」，字同。【一六】「而」，范本無。【一七】「久」，范本作「文」。【一八】「遍」，范本作「偏」，字同。【一九】「筞」，范本作「策」，字同。【二〇】「歌」，范本作「謌」，字同。【二一】「讚」，范本作「讚」，字同。【二二】「夲」，俗字，范本作「本」，字同。【二三】「揔」，范本作「總」，字同。【二四】「記」，范本作「紀」，古通。

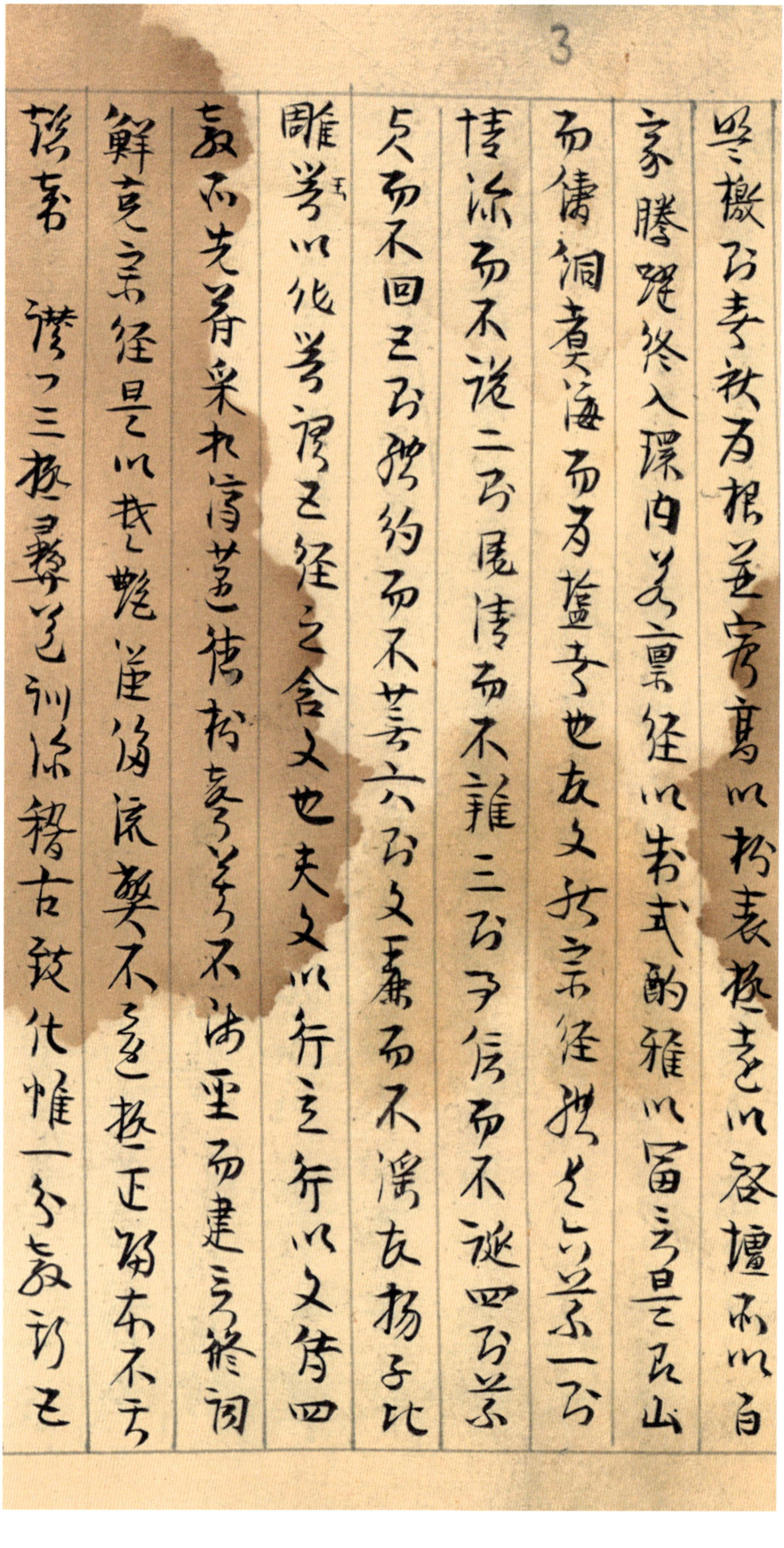

3

盟檄則春秋爲根並窮高以樹表極遠以啓疆所以百
家騰躍終入環內者也若稟經以制式酌雅以富言是即山
而鑄銅煮海而爲鹽者也故文能宗經體有六義一則
情深而不詭二則風清而不雜三則事信而不誕四則義
直而不回五則體約而不蕪六則文麗而不淫揚子比
雕玉以作器謂五經之含文也夫文以行立行以文傳四
教所先符采相濟勵德樹聲莫不師聖而建言修辭
鮮克宗經是以楚艷漢侈流弊不還正末歸本不其
懿歟　贊曰三極彝道訓深稽古致化惟一分教斯五

五一　盟[一]檄，則春秋爲根；並窮高以樹表，極遠以啓壇[二]，所以百

五二　家騰躍，終入環内[三]。若稟経以制[四]式，酌雅以富言，是即[五]山

而鑄銅，煑海而爲塩[六]者[七]也。故文能宗經，體有六義：一則情深而不詭，二則風清而不雜，三則事信而不誕，四則義貞[八]而不回，五則體約而不蕪，六則文麗而不淫[九]。故[一〇]楊[一一]子比雕器玉[一二]以作器，謂五經之含文也。夫文以行立，行以文傳。四教所先，符采相濟，邁[一三]德樹聲，莫不師聖，而建言修[一四]詞，鮮克宗經。是以楚艶[一五]漢侈，流獘[一六]不還，極正[一七]歸夲，不其懿[一八]哉[一九]！讚曰：三極彛道，訓深稽[二〇]古。致化惟[二一]一，分教斯五。

校注

【一】「盟」，范本作「銘」。【二】「壃」，范本作「疆」，字同。【三】「内」下，范本有「者也」。【四】「制」，范本作「製」，古通。【五】「即」，范本作「仰」。【六】「塩」，俗字，范本作「鹽」，字同。【七】「者」，范本無。【八】「貞」，范本作「直」。【九】「滛」，俗字，范本作「淫」，字同。【一〇】「故」，范本無。【一一】「楊」，至正本作「楊」；范本作「揚」；《集校》作「揚」，其注引楊明照《拾遺》：「按子雲姓，本從木不從手……古人但有從木之楊姓，無從扌之楊姓。」校宋本《太平御覽》凡五見楊雄之「楊」，皆作「木」旁；又校王羲之《遊目帖》《嚴君平帖》皆作「楊雄」；是以釋「楊」。【一二】「器玉」，至正本、范本皆作「玉」，是。【一三】「邁」，范本作「勵」。【一四】「修」，俗字，范本作「修」，字同。【一五】「艶」，范本作「豔」，字同。【一六】「獘」，范本作「弊」，字同。【一七】「極正」，范本作「正末」。【一八】「懿」，俗字，范本作「懿」，字同。【一九】「哉」，范本作「歟」。【二〇】「稽」，俗字，范本作「稽」，字同。【二一】「惟」，范本作「歸」。

性靈鎔匠文章奧府淵哉鑠乎群言之祖

正緯第四

夫神道闡幽天命微顯馬龍出而大易興神龜見而洪
範耀故繫辭稱河出圖洛出書聖人則之斯之謂也但
世敻文隱好生矯誕真雖存矣偽亦憑焉夫六經彩
炳而緯候稠疊孝論昭晰而鉤讖葳蕤按經驗緯其
偽有四蓋緯之成經其猶織綜絲麻不雜布帛乃成
今經正緯奇倍摘千里其偽一矣經顯世訓緯隱神教
世訓宜廣神教宜約而緯多於經神理更繁其偽二

六〇 性靈鎔匠，文章奥府。淵哉鑠乎，羣言之祖。

六一 正緯弟四

六二 夫神道闡幽，天命微顯，馬龍出而大易興，神龜見而洪

六三 範耀[一]。故繫詞稱河出圖，洛出書，聖人則之，斯其[二]謂也。但[三]

六四 世敻文隐，好生矯託[四]，真雖存矣，僞亦憑焉。夫六經彪

六五 炳，而緯候稠疊；考[五]論昭晢，而鈎[六]讖[七]葳蕤[八]，酌[九]經驗緯，其

六六 僞有四：盖[一〇]緯之成經，其猶織綜，絲麻不雜，布帛乃成；

六七 今經正緯奇，倍摘[一一]千里，其僞一矣。經顯，世訓[一二]，緯隐神教[一三]；

六八 世[一四]訓宜[一五]廣，神教宜約；而[一六]緯多於經，神理更繁，其僞二

校注

【一】「耀」，范本作「燿」，字同。【二】「其」，范本作「之」。【三】「但」，唐本「日」爲「口」，避李旦之諱，寫法與《靈飛經》同。【四】「託」，范本作「誕」。【五】「考」，范本作「孝」。【六】「鈎」，范本作「鉤」，字同。【七】「讖」，范本作「讖」，字同。【八】「蕤」，范本作「蕤」，字同；〔日〕《書法大字典》「蕤」下，六個例字皆作「蕤」。【九】「酌」，范本作「按」。【一〇】「盖」，范本作「蓋」，字同。【一一】「摘」，范本作「擿」。【一二】「世訓」，范本作「聖訓也」。「訓」，唐本先寫「教」後改作「訓」，最後一豎作「乚」乃古寫法。【一三】「教」下，范本有「也」。【一四】「世」，范本作「聖」。【一五】「宜」，范本作「宜」，字同。【一六】「而」下，范本有「今」。

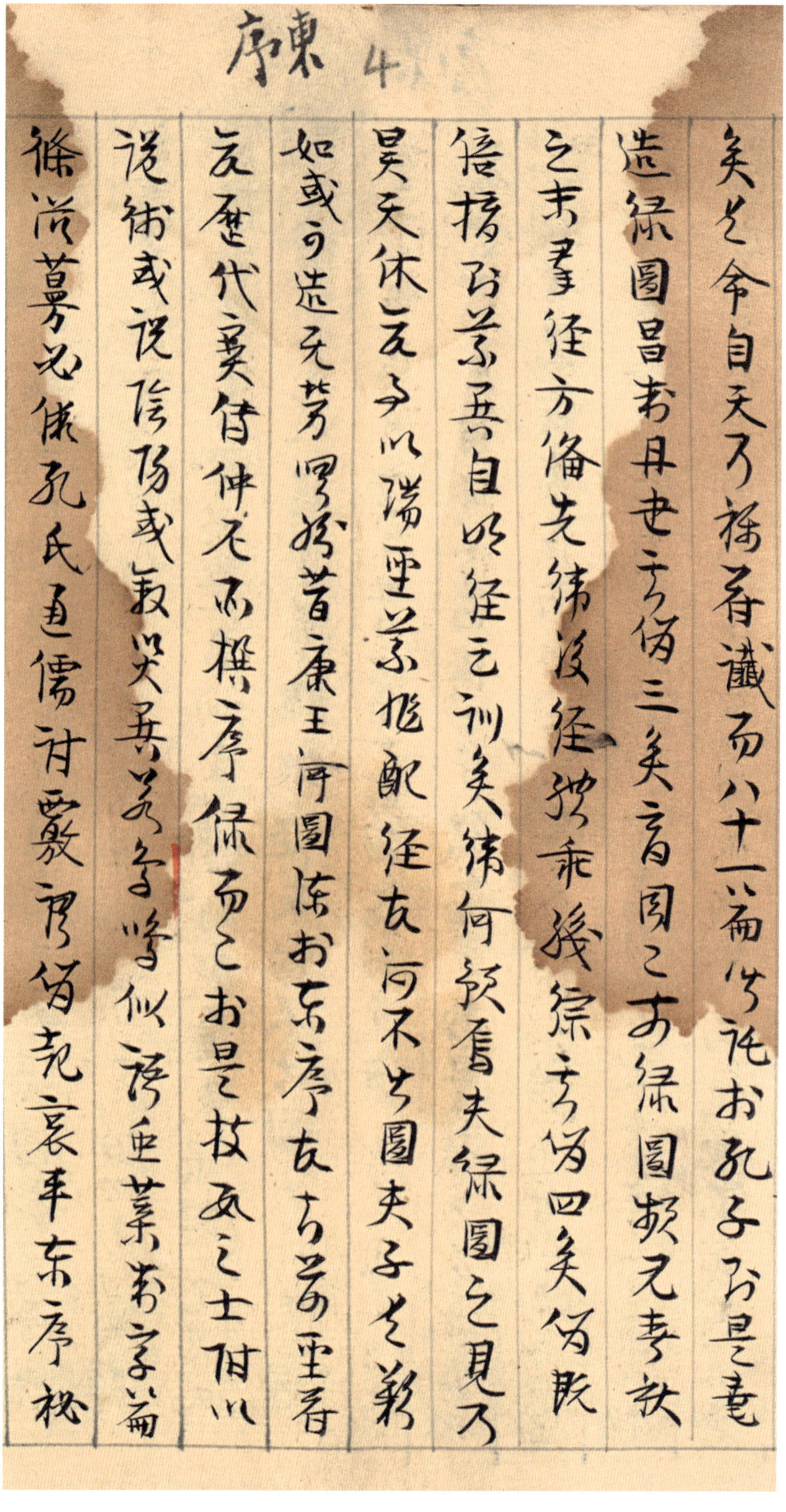

東序 4

矣有命自天乃稱符讖而八十一篇皆託於孔子則是堯
造綠圖昌制丹書其偽三矣商周之前綠圖頻見春秋
之末羣經方備先緯後經體乖織綜其偽四矣偽既
倍摘則義異自明經足訓矣緯何豫焉夫綠圖之見乃
昊天休命事以瑞聖義非配經故河不出圖夫子有歎
如或可造無勞喟然昔康王河圖陳於東序故知前世符
命歷代寶傳仲尼所撰序錄而已於是伎數之士附以
詭術或說陰陽或序災異若鳥鳴似語蟲葉成字篇
條滋蔓必假孔氏通儒討覈謂偽起哀平東序祕

六九

矣。有命自天，乃稱符讖，而八十一篇，皆託於孔子，則是堯造緑[一]圖，昌制丹書，其僞三矣。商周已前，緑圖[二]頻見，春秋之末，羣経方備，先緯後経，體乖織綜，其僞四矣。僞既倍摘，則義異自明；経足訓矣，緯何預[三]焉！夫[四]緑圖之見，乃昊天休命，事以瑞聖，義非配経。故河不出圖，夫子有歎，如或可造，无[五]勞喟然。昔康王河圖，陳於東序，故知前聖[六]符命，歷[七]代寶傳，仲尼所撰，序録而已。於是技[八]數之士，附以詭術，或説陰陽，或叙[九]災異，若鳥鳴似語，虫[一〇]茱成字，篇條滋蔓[一一]，必假[一二]孔氏，通儒討覈，謂僞[一三]起哀平，東序秘

校注

【一】「緑」，范本作「綠」，字同。【二】「緑圖」，范本作「圖籙」。【三】「預」，范本作「豫」，古通。【四】「夫」上，范本有「原」。【五】「无」，范本作「無」，字同。七四、七五行上框上有「東序」，乃後人書。【六】「聖」，范本作「世」。【七】「歷」，范本作「曆」，字同。【八】「技」，范本作「伎」，古通。【九】「叙」，范本作「序」，古通。【一〇】「虫」，至正本作「虫」，范本作「蟲」，字同；唐吳彩鸞《唐韻册》「蠰」，左旁作「虫」。【一一】「蔓」，范本作「蔓」，字同。【一二】「假」，至正本、范本皆作「假」，《集校》注，鈴木云：「燉煌本『假』作『徴』。」是以《集校》釋「徴」；按《急就章》：「啬夫假佐扶致牢」，確定唐本之「假」與《急就章》之「假」字形同，乃釋「假」。【一三】「僞」，范本無。

六

寶，朱紫乱[一]矣。至光[二]武之世，篤信斯術，風化所靡。學者

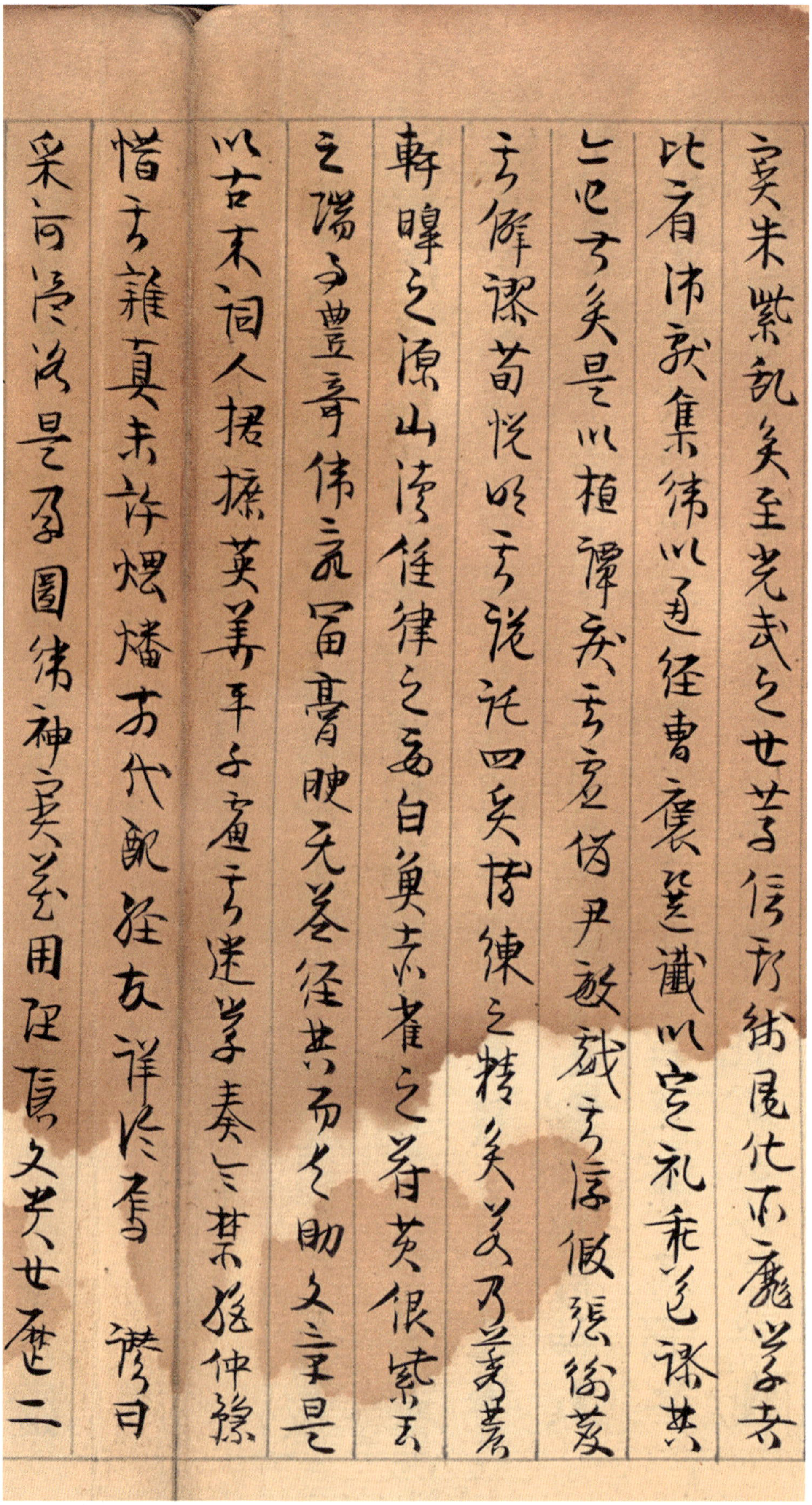

寶朱紫亂矣至光武之世篤信斯術風化所靡學者
比肩沛獻集緯以通經曹褒選讖以定禮乖道謬典
亦已甚矣是以桓譚疾其虛偽尹敏戲其深瑕張衡發
其僻謬荀悅明其詭托四賢博練論之精矣若乃羲農
軒皞之源山瀆鍾律之要白魚赤烏之符黃金紫玉
之瑞事豐奇偉辭富膏腴無益經典而有助文章是
以後來辭人採摭英華平子恐其迷學奏令禁絕仲豫
惜其雜真未許煨燔前代配經故詳論焉 贊曰
榮河溫洛是孕圖緯神寶藏用理隱文貴世歷二

七九 比肩，沛獻集緯以通経，曺[三]褒選[四]讖以定礼，乖道謬[五]典，
八〇 亦已甚矣。是以桓譚疾其虚僞，尹敏戯[六]其浮假[七]，張衡發
八一 其僻謬，荀悅明其詭託[八]，四賢博練之[九]精矣。若乃莠[一〇]農
八二 軒皞[一一]之源，山瀆鍾律之要，白魚赤雀[一二]之符，黄銀[一三]紫玉
八三 之瑞，事豐奇偉，辭富膏腴[一四]，无益経典，而有助文章。是
八四 以古[一五]來詞人，捃[一六]摭英華，平子慮[一七]其迷學，奏令禁絶：仲豫
八五 惜其雜真[一八]，未許煨燔；前代配経，故詳論焉。讚曰：
八六 采[一九]河温洛，是孕圖緯。神寶蔵用，理隐文貴。世歴二

校注

【一】「乱」，范本作「亂」，字同。【二】「光」上，范本有「於」。【三】「曺」，范本作「曹」，字同。【四】「選」，范本作「撰」，《集校》引王利器《校證》：「唐寫本『撰』作『選』，古通。」【五】「謬」，范本作「謬」，字同。【六】「戯」，范本作「戲」，字同。【七】「假」，范本作「瑕」，其注：「孫云唐寫本爲浮假。」【八】「託」，范本作「誕」。【九】「之」上，范本有「論」。【一〇】「莠」，至正本、范本、《集校》皆作「羲」，皆未出校。【一一】「皞」，范本作「皡」，與「皞」「皥」字同，「皞」當是「皡」。【一二】「雀」，范本作「烏」。【一三】「銀」，范本作「金」。【一四】「腴」，俗字，范本作「腴」，字同。【一五】「古」，范本作「後」。【一六】「捃」，范本作「採」。【一七】「慮」，范本作「恐」。【一八】「真」，范本作「眞」，字同。【一九】「采」，范本作「榮」。

漢朱紫騰沸芰荑譎詭採其雕蔚

辨騷第五

自風雅寢聲莫或抽緒奇文鬱起其離騷哉固已軒翥詩人之後奮飛辭家之前豈去聖之未遠而楚人之多才乎昔漢武愛騷而淮南作傳以爲國風好色而不淫小雅怨誹而不亂若離騷者可謂蟬蛻穢濁之中浮遊塵埃之外皭然涅而不緇雖與日月爭光可也班固以爲露才揚己忿懟沉江羿澆二姚與左氏不合崑崙玄

爵靑白也緇黑色涅水

八七

漢，朱紫騰沸。芰荑譎詭，採[二]其雕蔚。

辨騷[二]第五
自風雅寝[三]聲，莫或抽緒，奇文欝[四]起，其離騷哉；固已軒
翥詩人之後，奮[五]飛辭家之前，豈去聖之未遠，而楚人
之多才乎！昔漢武愛騷，而淮南作傳，以爲国[六]風好色而
不滛，小雅怨誹而不乱。若離騷者，可謂[七]蟬蜕穢濁之中，
浮遊[八]塵埃之外，皭然涅[九]而不緇，雖与日月争光可也。斑[一〇]固
以爲露才揚己，忿懟沉江；羿澆二姚，与左氏不合；崑[一一]崙玄[一二]

校注

【一】「採」，范本作「樑」。【二】「騷」，范本作「騷」，字同；「騷」見《漢語大字典》，「騷」見《中華大字典》。【三】「寝」，至正本、范本、《楷字編》（文物出版社）皆作「寝」，别體收「寝」；黄征《敦煌俗字典》「寝」下收有「寝」。【四】「欝」，范本作「鬱」，字同。【五】「奮」，范本作「奮」，是；〔日〕《書法大字典》「奮」下王勃詩序，《調云集》《無量壽經》皆作「奮」，與唐本同。【六】「国」，俗字，范本作「國」，字同。【七】「謂」下，范本有「兼之」。【八】「遊」，范本作「游」，古通。【九】「涅」，唐本避唐睿宗李旦之諱，右旁「旦」作「日」；《碑别字新編》二〇二頁《唐净域寺大慶法藏禪師塔銘》「涅」作「涅」，范本作「涅」；又唐柳公權《玄秘塔碑》「涅」作「涅」；亦可證之。【一〇】「斑」，范本作「班」，古通。【一一】「崑」，范本作「崐」，字同。【一二】「玄」，范本作「懸」，古通。

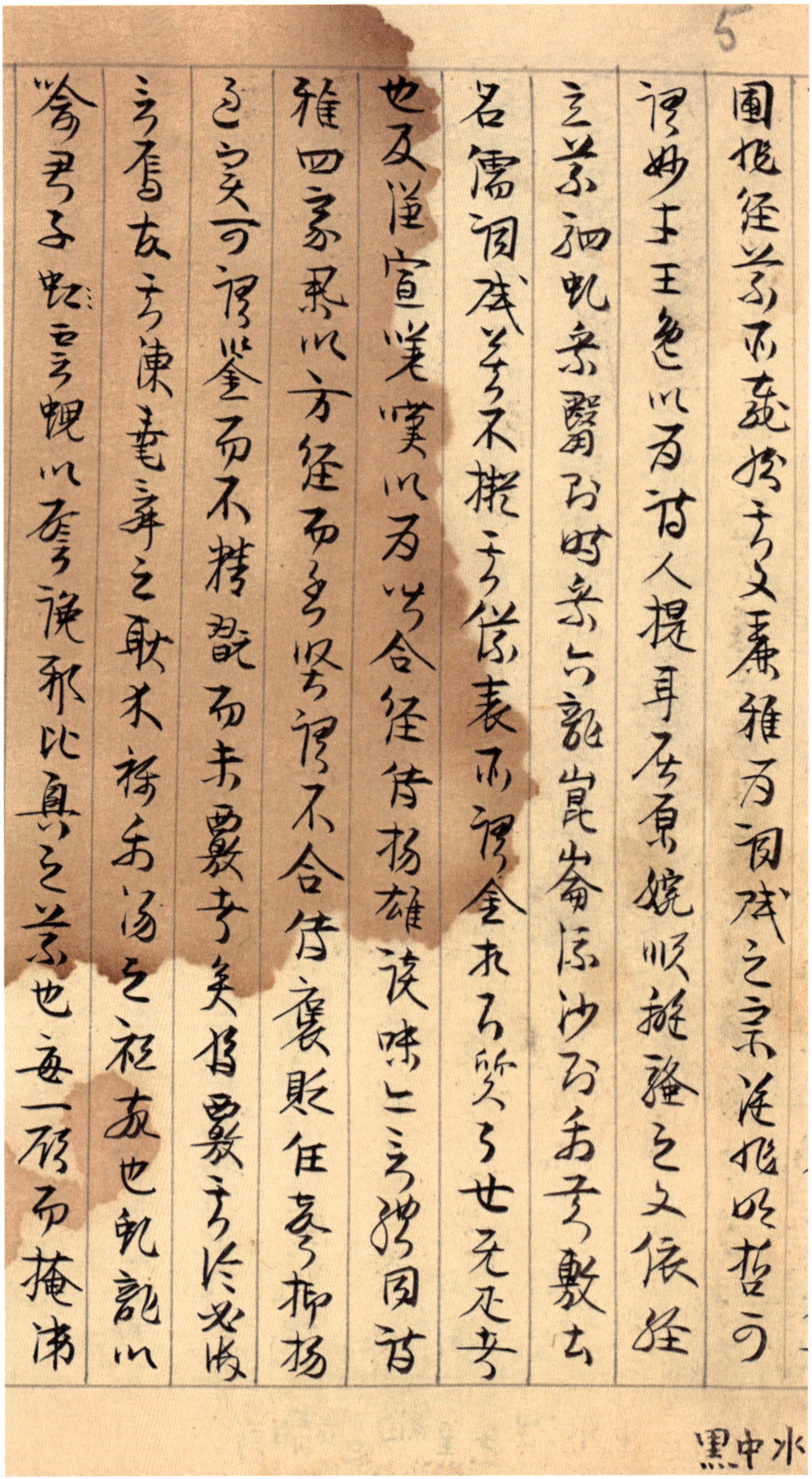

5

圍非經義所載然其文麗雅爲詞賦之宗雖非明哲可
謂妙才王逸以爲詩人提耳屈原婉順離騷之文依經
立義駟虯乘鷖則時乘六龍崑崙流沙則禹貢敷土
名儒辭賦莫不擬其儀表所謂金相玉質百世無匹者
也及漢宣嗟嘆以爲皆合經傳揚雄諷味亦言體同詩
雅四家舉以方經而孟堅謂不合傳褒貶任聲抑揚
過實可謂鑒而不精翫而未覈者矣將覈其論必徵
言焉故其陳堯舜之耿介稱禹湯之祗敬也虬龍以
喻君子虹雲蜺以譬讒邪比興之義也每一顧而掩涕

水中黑

九五

圍，非經義所載；然其文[一]麗雅，爲詞賦之宗。雖非明哲，可[二]

九六 謂妙才。王逸以爲詩人提耳，屈原婉順，離騷之文，依経
九七 立義：駟虬乘[三]翳[四]，則時乘六龍；崑崙流沙，則禹貢敷土；
九八 名儒詞賦，莫不擬其儀表，所謂金相玉[五]質，百世无疋[六]者
九九 也。及漢宣嗟嘆[七]，以爲皆合經傳[八]；楊雄談[九]味，亦言體同詩
一〇〇 雅。四家舉以方経，而孟堅謂不合傳；褒貶任聲，抑[一〇]揚
一〇一 過實，可謂鑒而不精，翫而未覈者矣[一一]。將覈其論，必徵
一〇二 言焉。故[一二]其陳堯舜之耿介，稱禹湯[一三]之祇敬[一四]也。虬龍以
一〇三 喻君子，虹[一五]雲蜺[一六]以譬讒[一七]邪，比興之義也；每一顧[一八]而掩涕，

校注

【一】「文」下，范本有「辭」。【二】從九一行至九五行下框下有「皭靖也。緇黑色。涅水中黑。」，亦唐人書，「涅」作「涅」。【三】「乘」，范本作「乘」，字同。【四】「翳」，隋唐寫法，《漢語大字典》未收，范本作「翳」，字同。【五】「玉」，唐本太草，似「下」。【六】「疋」，俗字，范本作「匹」，字同。【七】「嘆」，范本作「歎」，古通。【八】「傳」，范本作「術」。【九】「談」，范本作「諷」。【一〇】「抑」，范本作「抑」，字同。【一一】「矣」，范本作「也」。【一二】「故」，《集校》作「古」，未出校。【一三】「禹湯」，范本作「湯武」。【一四】「敬」下，范本有「典誥之體也；譏桀紂之猖披，傷羿澆之顛隕，規諷之旨」。【一五】「虹」，唐本旁有三小點，爲删除符。【一六】「蜺」，右旁「兒」作「児」，乃俗字。范本作「蜺」，字同。【一七】「讒」，唐本與松江本草書《急就章》同。【一八】「顧」，范本作「顧」，字同。

歎君門之九重忠怨之詞也觀茲四事同乎風雅者也至於託雲龍說迂怪豐隆求宓妃鴆鳥媒娀女詭異之詞也康回傾地夷羿彃日木夫九首土伯三目譎怪之談也依彭咸之遺則從子胥以自適狷狹之志也士女雜坐亂而不分指以爲樂娛酒不廢沉湎日夜舉以爲歡荒淫之意也摘此四事異於經典者也故論其典誥則如彼語其夸誕則如此固知楚辭者體憲於三代而風雅雜於戰國乃雅頌之博徒而詞賦之英傑也觀

一〇四

歎君門之九重，忠怨之詞也；觀茲四事，同乎[二]風雅者也。

一〇五 至於託雲龍，說迂怪[二]，駕[三]豐隆，求宓妃，憑[四]鴆鳥，媒娀
一〇六 女，詭異之詞也；隶[五]回傾地，夷羿彃[六]日，木夫九首，土伯三目，
一〇七 譎怪之談也；依彭咸之遺則，從子胥以自適，狷狹之志
一〇八 也；士女雜坐，乱而不分，指[七]以爲樂，娛酒不廢，沉湎日夜，
一〇九 舉以爲歡[八]，荒淫之意也。指[九]此四事，異於[一〇]經典者也。故論
一一〇 其典誥則如彼，語其夸誕則如此；固知楚詞者，體𢙟[一一]於三
一一一 代，而風雜[一二]於戰国，乃雅頌之博徒，而詞賦之英傑也。觀

校注

【一】「乎」，范本作「於」。【二】「怪」，俗字，范本作「怪」，字同。【三】「駕」，范本無。【四】「憑」，范本無。【五】「隶」乃「秉」之俗字，范本、《集校》皆作「康」，而皆未出校。【六】「彃」，范本作「彈」。【七】「指」，范本作「指」，字同。【八】「歡」，范本作「懽」，字同。【九】「指」，范本作「摘」。【一〇】「於」，范本作「乎」。【一一】「𢙟」，《集校》作「憲」，范本作「慢」，其注：「孫云唐寫本作『憲』。」《干禄字書》：「𢙟、憲，上俗下正。」按：「𢙟」，始見於漢隸《夏承碑》，之後傳之不衰，初唐楷書大家歐陽詢《皇甫君碑》《虞恭公碑》《化度寺碑》皆以「𢙟」字入碑，此後宋元明清之大書家寫「𢙟」不斷；《漢語大字典》收「憲」（心部）、宪（宀部），而未收「𢙟」；唐本作「忌」，比簡化「宪」字更快捷，且與傳承相連。【一二】「雜」，范本作「雅」。

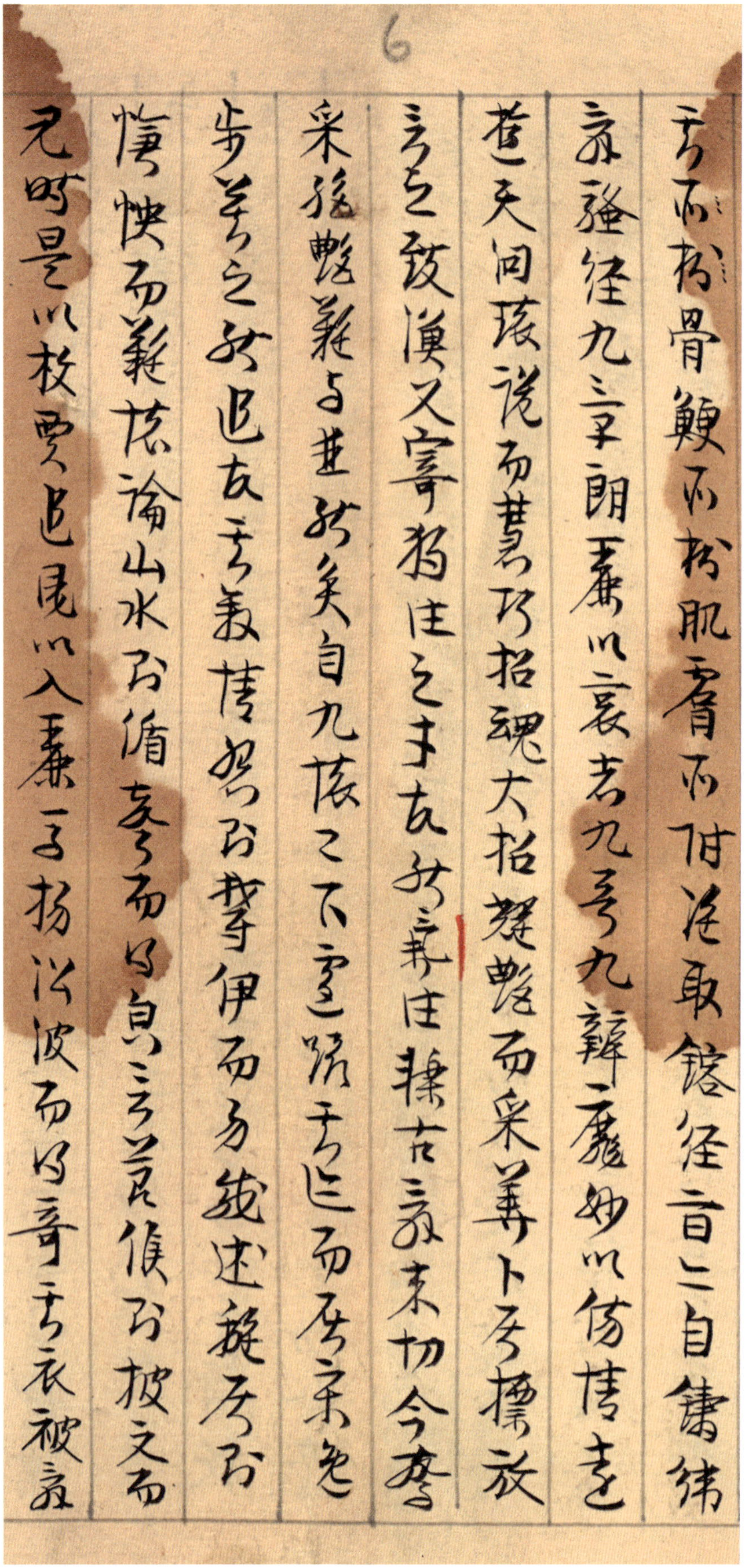
6
其所樹骨鯁所樹肌膚所附雖取鎔経音亦自鑄緯
辭騷経九章朗麗以哀志九歌九辯靡妙以傷情遠
遊天問瑰詭而慧巧招魂大招耀艷而采華卜居標放
言之致漁父寄獨往之才故能氣往轢古辭來切今驚
采絶艷難與並能矣自九懷之下遽躡其跡而屈宋逸
步莫之能追故其叙情怨則鬱伊而易感述離居則
愴怏而難懷論山水則循聲而得貌言節候則披文而
見時是以枚賈追風以入麗馬揚沿波而得奇其衣被詞

二二　其[一]骨鯁所樹，肌膚所附，雖取鎔経旨[二]，亦自鑄緯[三]

二三　辭。騷[四]経九章，朗麗以哀志；九哥[五]九辨，靡妙[六]以傷情；遠

一二四 遊天問，瓌[七]詭而慧[八]巧；抬魂大抬[九]，耀艷而采[一〇]華；卜居摽放

一二五 言之致，漁父寄獨往之才。故能氣往轢古，辭來切今，驚

一二六 采絶艷，難与並能矣。自九懷[一一]已下，遽躡其迹，而屈宋逸

一二七 步，莫之能追。故其敘[一二]情怨，則鬱伊而易感；述離居，則

一二八 愴怏而難懷；論山水，則偱[一三]聲而得皃；言節候，則披文而

一二九 見時。是以枚賈追風以入麗，馬楊㳂[一四]波而得竒[一五]。其衣被辭

校注

【一】「其」下，唐本原有「所樹」，被書者點刪。【二】「旨」，范本作「意」。【三】「緯」，范本作「偉」。【四】「騷」上，范本有「故」。【五】「哥」，古「歌」字，范本作「歌」。【六】「靡妙」，范本作「綺靡」。【七】「瓌」，范本作「瓌」，字同；見于北魏《馬鳴寺根法師碑》等，唐歐陽詢《虞恭公碑》作「瓌瓌」，顏真卿《東方朔畫贊》作「瓌」，《郭敬之廟碑》作「瓌」，《漢語大字典》未收此字形。【八】「慧」，范本作「惠」，古通。【九】「大抬」，范本作「招隱」。【一〇】「采」，范本作「深」。【一一】「懷」，范本作「懷」，字同。【一二】「敘」，異體爲「敍」「敘」，范本作「敍」，後不一一校之。【一三】「偱」，俗字，至正本、黄本、范本皆作「循」，字同；《漢語大字典》一九二頁注音 xún，《正字通·人部》：「偱，述也。」又八三五頁「循」，《廣雅·釋言》：「循，述也。」《碑别字新編修訂本》三二三頁：「循下，收偱。」黄征《敦煌俗字典》四六九頁：「循下，收循、偱。」【一四】「㳂」，范本作「沿」，字同。【一五】「竒」，范本作「奇」，字同。

人非一代也故才高者菀其鴻裁中巧者獵其豔詞吟諷
者銜其山川童蒙者拾其香草若能憑軾以倚雅頌
懸轡以馭楚篇酌奇而不失其貞翫華而不墜其實
顧盼可以驅辭力欬唾可以窮文致亦不復乞靈於長卿
假寵於子淵矣　讚曰不有屈原豈見離騷驚才風逸
壯志煙高山川無極情理實勞金相玉式豔溢錙毫

卷第二

明詩第六

大舜云詩言志歌永言聖謨所析義已明矣是以在心

人，非一代也。故才高者苑[一]其鴻裁，中巧者獵其艷詞，吟諷者銜其山川，童蒙者拾其香草。若能憑軾以倚[二]雅頌，懸轡以馭楚篇，酌奇而不失居[三]貞[四]，翫華而不墜其實，則顧盻[五]可以駈[六]辭力，欬唾[七]可以窮文致，亦不復乞靈扵長卿，假寵扵子淵矣。

讃曰：不有屈平[八]，豈見離騷。驚才風逸，壯采[九]烟[一〇]高。山川無極，情理實勞。金相玉式，艷逸[一一]錙毫。

卷弟二[一二]

明詩弟六

大舜云：詩言志，哥永言。聖謨所析[一三]，義已明矣。是以在心

校注

【一】「苑」，范本作「菀」，古通。【二】「倚」，范本作「倚」，字同，參看一一九行「奇」注。【三】「居」，范本作「其」。【四】「貞」，范本作「眞」。【五】「盻」同「眄」，范本作「盼」。【六】「駈」，范本作「驅」，字同。【七】「唾」，范本作「唾」，字同。【八】「平」，范本作「原」。【九】「采」，范本作「志」。【一〇】「烟」，范本作「煙」，字同。【一一】「逸」，范本作「溢」。【一二】「卷弟二」，至正本、黄本皆作「文心雕龍卷第二」，范本作「文心雕龍卷二」，「文」字皆頂格，後同此。【一三】「析」，唐本「木」旁如「扌」，此草書寫法所致，如唐懷素《大草千字文》：「枝」「枇」「桐」「根」「極」，皆作「扌」旁。

二九

爲志，發言爲詩，舒文載實，其在茲乎！故[一]詩者，持也，持

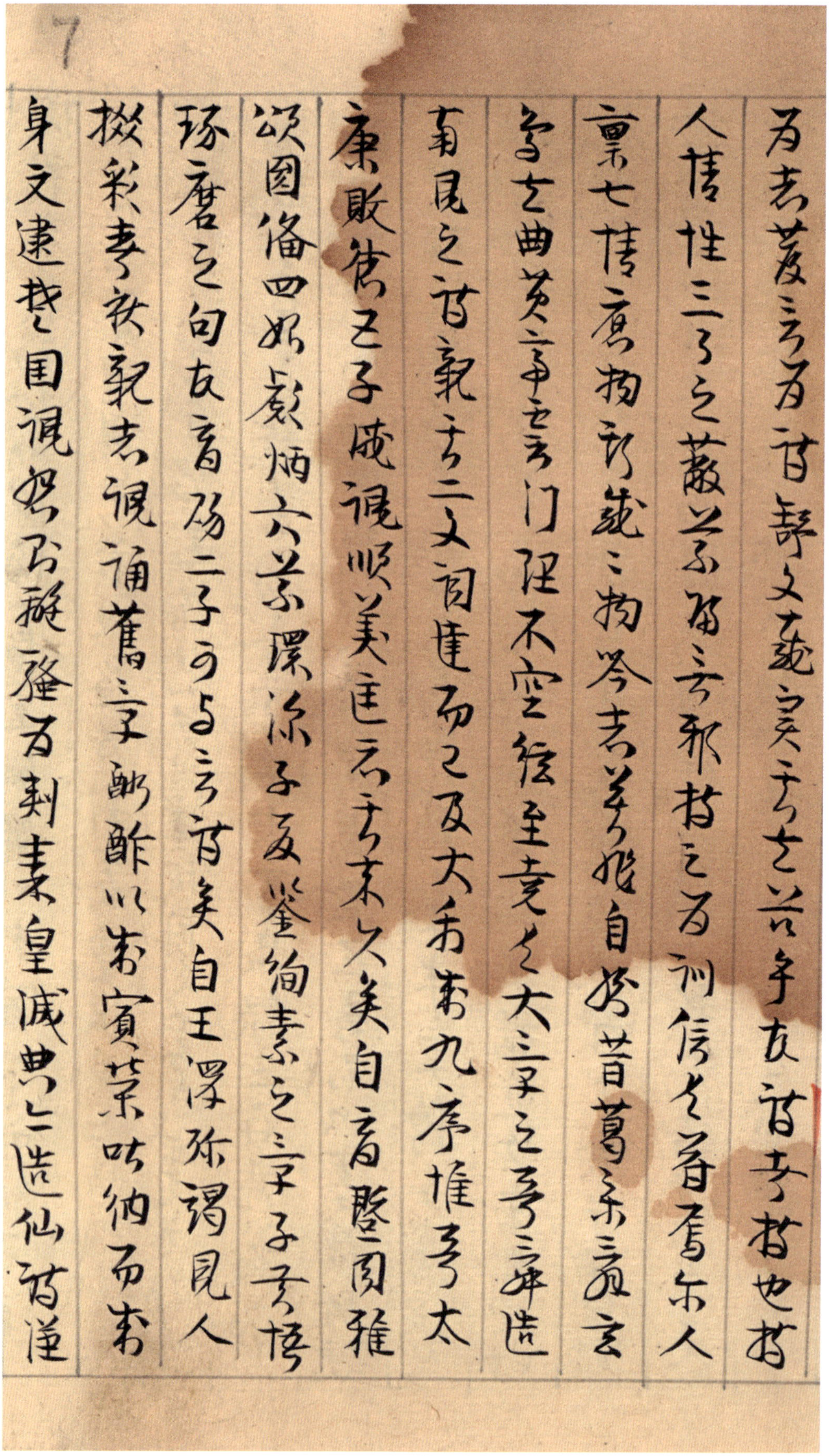
7

爲志發言爲詩舒文載實其在茲乎詩者持也持
人情性三百之蔽義歸無邪持之爲訓信有符焉爾人
稟七情應物斯感感物吟志莫非自然昔葛天氏玄
鳥在曲黃帝雲門理不空絃至堯有大章之歌舜造
南風之詩觀其二文辭達而已及大禹成功九序惟歌太
康敗德五子咸諷順美匡惡其來久矣自商暨周雅
頌圓備四始彪炳六義環深子夏鑒絢素之章子貢悟
琢磨之句故商賜二子可與言詩自王澤殄竭風人
輟采春秋觀志諷誦舊章酬酢以爲賓榮吐納而成
身文逮楚國諷怨則離騷爲刺秦皇滅典亦造仙詩漢

人情性；三百之蔽，義歸無邪；持之爲訓，信[二]有符焉尔。人禀七情，應物斯感，感物吟志，莫非自然。昔葛樂辭[三]，玄鳥在曲，黄帝雲門，理不空絃[四]。至堯有大章[五]之哥，舜造南風之詩，觀其二文，詞達而已。及大禹成[六]，九序惟哥；太康敗德，五子咸諷[七]；順美匡惡，其來久矣。自商暨[八]周，雅頌圎[九]偹，四始彪炳，六義環深。子夏鑒絢素之章，子貢悟琢磨之句，故商賜二子，可与言詩矣[一〇]。自王澤殄[一一]竭，風人掇彩[一二]，春秋觀志，諷誦舊章，酬酢以成[一三]賔[一四]榮，吐納而成身文。逮楚国諷怨，則離騷爲剌[一五]。秦皇滅典，亦造仙詩。漢

校注

【一】「故」，范本無。【二】「信」，范本無。【三】「昔葛樂辭」，范本作「昔葛天氏樂辭云」。【四】「絃」，范本作「綺」。【五】「章」，范本作「唐」。【六】「成」下，范本有「功」。【七】「諷」，范本作「怨」。【八】「暨」，唐本旦之「日」作「口」，避唐睿宗李旦之諱；唐賀知章撰《楊執一墓誌》（開元十五年，七二七年）之「暨」與「袒」，「旦」之「日」皆作「口」。【九】「圎」，范本作「圓」，字同。【一〇】「矣」，范本無。【一一】「殄」，范本作「殄」，字同。【一二】「掇彩」，范本作「輟采」；「彩」「采」古通。【一三】「成」，范本作「爲」。【一四】「賔」，范本作「賓」，字同。【一五】「剌」，范本作「刺」，字同。

初四言韋孟首唱匡諫之義繼軌周人孝武愛文柏梁
列韻嚴馬之徒屬詞無方至成帝品録三百餘篇朝
章國采亦云周備而詞人遺翰莫見五言所以李陵班婕
見疑於後代也案召南行露始肇半章孺子滄浪亦
有全曲暇豫優歌遠見春秋邪徑童謡近在成世閲時
取證則五言久矣又古詩佳麗或稱枚叔其孤竹一篇則
傅毅之詞比采而推兩漢之作也觀其結體散文
直而不野婉轉附物怊悵切情實五言之冠冕也至於
張衡怨篇清典可味仙詩緩歌雅有新聲暨建安

三九 初四言，韋孟首唱，匡諫之義，継[一]軌[二]周人。孝武愛文，柏梁
四〇 列韻[三]，嚴馬之徒，属[四]詞無方。至成帝品録，三百餘篇，朝
四一 章国采，亦云周俻；而詞人遺翰，莫見五言。所以李陵斑婕[五]，
四二 見疑於後代也。案[六]邵[七]南行露，始肇半章；孺[八]子滄浪，亦
四三 有全曲；暇豫優哥，遠見春秋；邪徑童謡，近在成世；閲時
四四 取徵[九]，則五言久矣。又古詩佳麗，或稱枚叔，其孤竹一篇，則
四五 傅毅[一〇]之辭，比彩而推，故[一一]兩漢之作也[一二]。觀其結體散文，
四六 直而不野，婉轉附物，怊悵切情，實五言之冠[一三]冕也。至如[一四]
四七 張衡怨篇，清典可味；仙詩緩哥，雅有新聲。暨建安

校注

【一】「継」，范本作「繼」，字同，見於魏碑。【二】「軌」，范本作「軌」，字同；《干禄字書》：「軌軌，上通下正。」《漢語大字典》未收「軌」，宜補入。【三】「韻」，范本作「韻」，字同。【四】「属」，見於《隸辨》，范本作「屬」，字同。【五】「婕」下，范本有「好」。【六】「案」，范本作「按」，古通。【七】「邵」，范本作「召」，古通。【八】「孺」，范本作「孺」，字同；《集校》作「儒」，未校。【九】「徵」，范本作「證」。【一〇】「毅」，范本作「毅」，字同。【一一】「故」，范本無。【一二】「也」，范本作「乎」。【一三】「冠」，別體，范本作「冠」，字同；柳公權《魏公先廟碑》有「冠」。【一四】「如」，范本作「於」。

之初五言騰躍文帝陳思縱轡以騁節王徐應劉望
路而爭驅並憐風月狎池苑述恩榮敘酣宴慷慨以
任氣磊落以使才造懷指事不求纖密之巧驅辭逐貌
唯取昭晰之能此其所同也及正始明道詩雜仙心何
晏之徒率多浮淺唯嵇志清峻阮旨遙深故能標焉若
乃應璩百壹獨立不懼辭譎義貞亦魏之遺直也
晉世群才稍入輕綺張左潘陸比肩詩衢采縟於正
始力柔於建安或析文以為妙或流靡以自妍此其大略也
江左篇製溺乎玄風嗤笑徇務之志崇盛亡機之

一四八

之初，五言騰躍[一]，文帝陳思，縱轡以騁[二]節；王徐應劉，望

一四九 路而爭駈。並怜[三]風月，狎池苑，述恩榮，叙酣宴[四]，慷慨以

一五〇 任氣，磊落以使才，造懷指事，不求纖[五]密之巧；駈詞逐皃，

一五一 唯取昭晳之能：此其所同也。及[六]正始明道，詩雜僊[七]心，何

一五二 晏之徒，率多浮淺。唯嵇[八]志清峻，阮旨遥深，故能摽焉。

一五三 若乃應瑒[九]百壹[一〇]，獨立不懼，辭譎義貞，亦魏之遺直[一一]也。

一五四 晉世羣才，稍入輕綺，張左潘[一二]陸，比肩詩衢。采縟於正

一五五 始，力柔於建安，或析[一三]文以爲妙，或流靡以自妍，此其大略也。

一五六 江左篇製，羞[一四]笑[一五]徇[一六]務之志，崇盛忘[一七]機之

校注

【一】「躍」，范本作「踊」。【二】「駃」，范本作「騁」，字同。【三】「怜」，范本作「憐」，字同。【四】「宴」，范本作「宴」，字同。【五】「纖」，范本作「纖」，字同；《漢語大字典》未收；秦公、劉大新《碑别字新編修訂本》七九五頁，纖下，收「纖」（《唐潁川陳處士夫人甯氏墓誌》）。【六】「及」，范本作「乃」。【七】「僊」，范本作「仙」，字同。【八】「嵇」，此字見劉建《楷字編》千唐二九七，范本作「嵇」，字同。【九】「瑒」，范本作「璩」；《太平御覽》、至正本皆作「璩」。【一〇】「壹」，范本作「一」。【一一】「直」，范本作「直」，字同。【一二】「左潘」，范本作「潘左」。【一三】「析」，范本作「析」，字同。【一四】「羞」，范本作「嗤」。【一五】「笑」，范本作「笑」，字同。【一六】「徇」，范本作「徇」，古通。【一七】「忘」，范本作「亡」，古通。

談袁孫之下雖各有雕采而詞趣一揆莫與爭雄所以景
純仙篇挺拔而為俊矣宋初文詠體有因革莊老告退
而山水方滋儷采百字之偶爭價一句之奇情必極貌以
寫物辭必窮力而追新此近世之所競也故鋪觀列代而
情變之數可監撮舉同異而綱領之要可明矣若夫四言
正體則雅潤為本五言流調則清麗居宗華實異用唯
才所安故平子得其雅叔夜含其潤茂先凝其清景陽
振其麗兼善則子建仲宣偏美則太沖公幹然詩有
恒裁思無定位隨性適分鮮能圓通若妙識所難其

一五七　談，袁孫已下，雖各有雕采，而詞輒[一]一揆，莫䏻[二]争雄，所以景
一五八　紇[三]仙篇，挺㧞[四]而爲儁[五]矣。宋初文詠，體有囙[六]革，嚴[七]老告退，
一五九　而山水方滋，儷采百字之偶，争價一句之奇。情必極皃以
一六〇　寫物，辭必窮力而追新；此近世之所竟[八]也。故鋪觀列代而
一六一　情變之數可鑒，撮[九]舉同異而網[一〇]領之要可明矣。若夫四言
一六二　正體，則雅潤爲本；五言流調，則清麗居宗；華實異用，唯
一六三　才所安。故平子得其雅，叔夜合[一一]其潤，茂先擬[一二]其清，景陽
一六四　震[一三]其麗，兼善則子建仲宣，偏美則太冲[一四]公幹。然詩有
一六五　恒[一五]裁，思無定位，隨性適分，鮮䏻圓通[一六]。若妙識所難，其

校注

【一】「輒」，范本作「趣」。【二】「䏻」，范本作「與」。【三】「紇」，范本作「純」，字同。【四】「㧞」，范本作「拔」，字同。【五】「儁」，范本作「俊」，字同。【六】「囙」，范本作「因」，字同。【七】「嚴」，范本作「莊」，《太平御覽》、至正本皆作「嚴」，《集校》楊明照《拾遺》：「漢避明帝諱改『莊』曰『嚴』。是舍人此文或原作『嚴』」【八】「竟」，范本作「競」，字同。【九】「撮」，范本作「撮」，字同。【一〇】「網」，當爲「綱」之誤，范本、《集校》皆爲「綱」而未注。【一一】「合」，范本作「含」。【一二】「擬」，范本作「凝」。【一三】「震」，范本作「振」。【一四】「冲」，俗字，范本作「沖」，字同。【一五】「恒」，范本作「恆」，字同。【一六】「圓通」，范本作「通圓」。

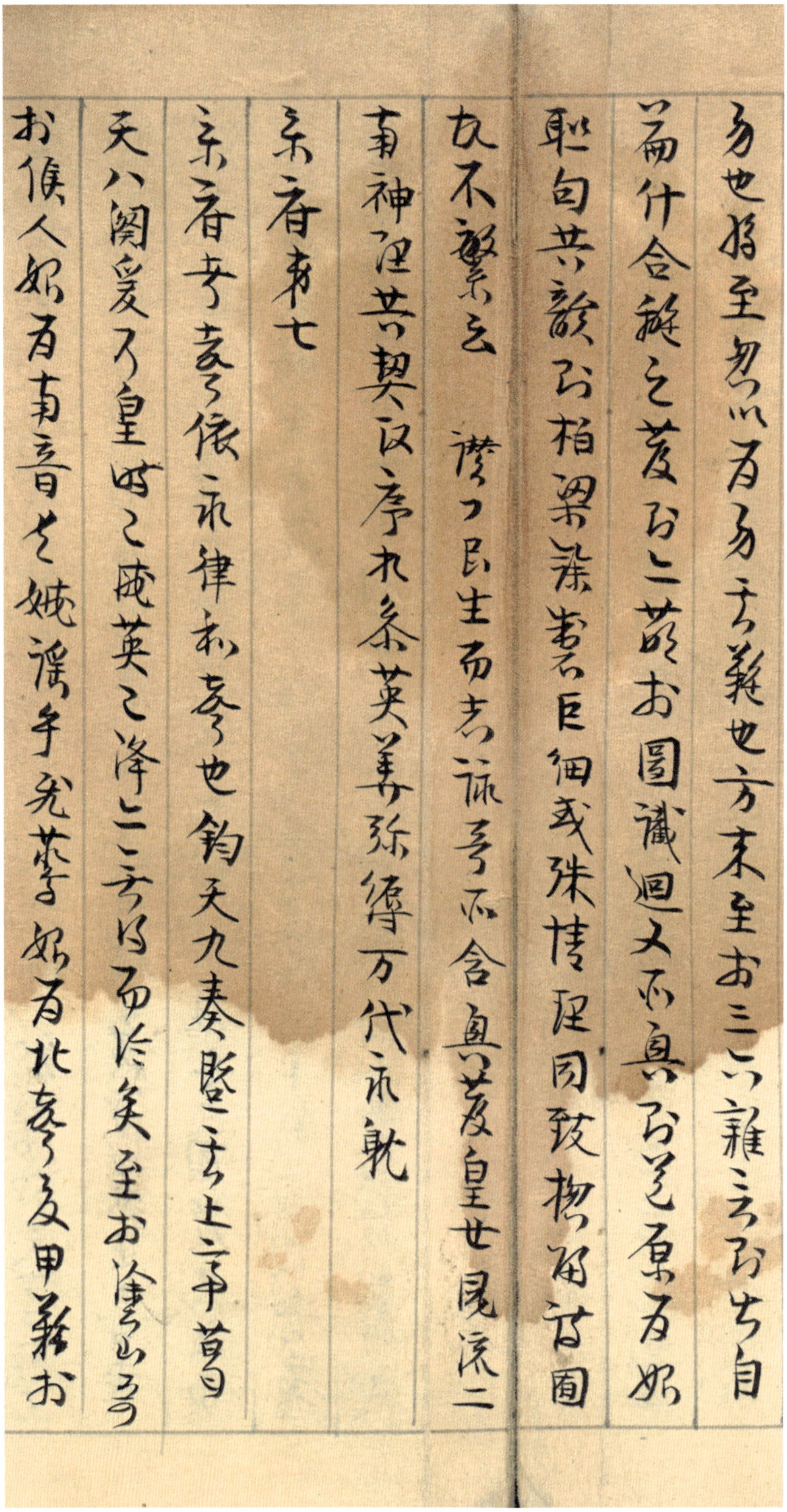
易也將至忽以爲易其難也方來至於三六雜言則出自
篇什合離之發則亦萌於圖讖迴文所興則道原爲始
聯句共韻則柏梁餘製巨細或殊情理同致總歸詩囿
故不繁云　贊曰民生而志詠歌所含興發皇世風流二
南神理共契政序相參英華彌縟萬代永耽
樂府第七
樂府者聲依永律和聲也鈞天九奏既其上帝葛
天八闋爰及皇時自咸英以降亦無得而論矣至於塗山歌
於候人始爲南音有娀謠乎飛燕始爲北聲及夏甲歎於

一六六 易也將至，忽[一]以[二]爲易，其難也方來。至於三六雜言，則出自

一六七 篇什；合離[三]之發，則亦[四]萌[五]於圖讖[六]；迴[七]文所興，則道原爲始；

一六八 聮[八]句共韻，則柏梁餘製。巨細或殊，情理同致，揔歸詩囿，

一六九 故不繁云。 讚曰：民生而志，詠哥所含。興發皇世，風流二

一七〇 南。神理共契，政序相糸。英華弥[九]縟，万代永躭[一〇]。

一七一 樂[一一]府弟七

一七二 樂府者，聲依永，律和聲也。鈞天九奏，曁[一二]其上帝；葛

一七三 天八闋，爰乃皇時。己[一三]咸英己[一四]降，亦無得而論矣。至於塗山哥

一七四 於候人，始爲南音；有娀謠乎飛鷰[一五]，始爲北聲；夏甲歎於

校注

【一】「忽」，《漢語大字典》：「忽cōng，㊀同『聰』，㊁匆忙。《集韻·東韻》：『忽，古作悤。』」黃征《敦煌俗字典》一五六頁：「忽hū，例字兩箇皆爲忽。」其注：「按：此字看似『匆忙』之『匆』，然敦煌寫本『匆忙』之『匆』，通常作『怱』形，或借『悤』（『悤』俗字）代之，故不相亂。」范本作「忽」。【二】「以」，范本作「之」。【三】「合離」，范本作「離合」。【四】「亦」，范本無。【五】「萌」，范本作「明」。【六】「識」，當是「讖」之訛字。【七】「迴」，范本作「回」。【八】「聮」，范本作「聯」，字同。【九】「弥」，范本作「彌」，字同。【一〇】「躭」，范本作「耽」，字同。【一一】「樂」，唐本草書作「乐」，比傳統草法上多一點；上海博物館藏唐本《草書法華玄贊卷第六》之「樂」作「乐」，寫法與《文心雕龍》之草法同。【一二】「曁」，范本作「既」。【一三】「己」，范本作「自」。【一四】「己」，范本作「以」，古通。【一五】「鷰」同「燕」，范本作「燕」。

東陽東音以發殷整思於西河西音以興心聲推移亦不
一槩矣及匹夫庶婦謳吟土風詩官采言樂胥被律志
感絲篁氣變金竹是以師曠覘風於盛衰季札鑒微於
興廢精之至也夫樂本心術故響浹肌髓先王慎焉務塞
淫濫敷訓冑子必歌九德故能情感七始化動八風自雅聲
浸微溺音騰沸秦燔樂經漢初紹復制氏紀其鏗鏘
叔孫定其容典於是武德興於高祖四時廣於孝文雖
摹韶夏而頗襲秦舊中和之響闃其不還暨武帝崇
禮始立樂府總趙代之音撮齊楚之氣延年以曼聲協

一七五 東陽，東音以發；殷鳌[一]思於西河，西音以興；心[二]聲推移，亦不
一七六 一槩[三]矣。及[四]疋夫庶婦，謳吟土風，詩官采[五]言，樂肙[六]被律，志
一七七 感絲簧[七]，氣變金竹[八]。是以師曠覘風於盛衰，季札鑒微於
一七八 興廢，精之志[九]也。夫樂夲心術，故響浹[一〇]肌髓，先王慎焉，務塞
一七九 淫濫。敷訓胄子，必哥九德，故能情感七始，化動八風。自雅聲
一八〇 浸微，溺音騰沸，秦燔樂経，漢初紹復，制氏紀其鏗鏘，
一八一 叔孫定其容典[一一]；於是武德興於[一二]高祖，四時廣於孝文，雖
一八二 摹韶夏，而頗襲秦舊，中和之響，闃[一三]其不還。暨武帝崇
一八三 祀[一四]，始立樂府。總[一五]趙代之音，撮齊楚之氣，延年以曼[一六]聲協[一七]

校注

【一】「鳌」，范本作「整」。【二】「心」，范本作「音」。【三】「槩」，范本作「概」，字同。【四】「及」，范本無。【五】「采」，范本作「採」。【六】「肙」，范本作「盲」。【七】「簧」，范本作「篁」。【八】「竹」，范本作「石」。【九】「志」，范本作「至」，古通。【一〇】「浹」，俗字，范本作「浹」，字同。【一一】「典」，范本作「與」。【一二】「於」，范本作「乎」。【一三】「闃」，范本作「闃」，字同。【一四】「祀」，范本作「禮」。【一五】「總」，范本作「總」，字同。【一六】「曼」，見於魏碑。范本作「曼」，字同。【一七】「協」同「協」，范本作「協」。自漢隸起，「恊」「協」「協」並存。

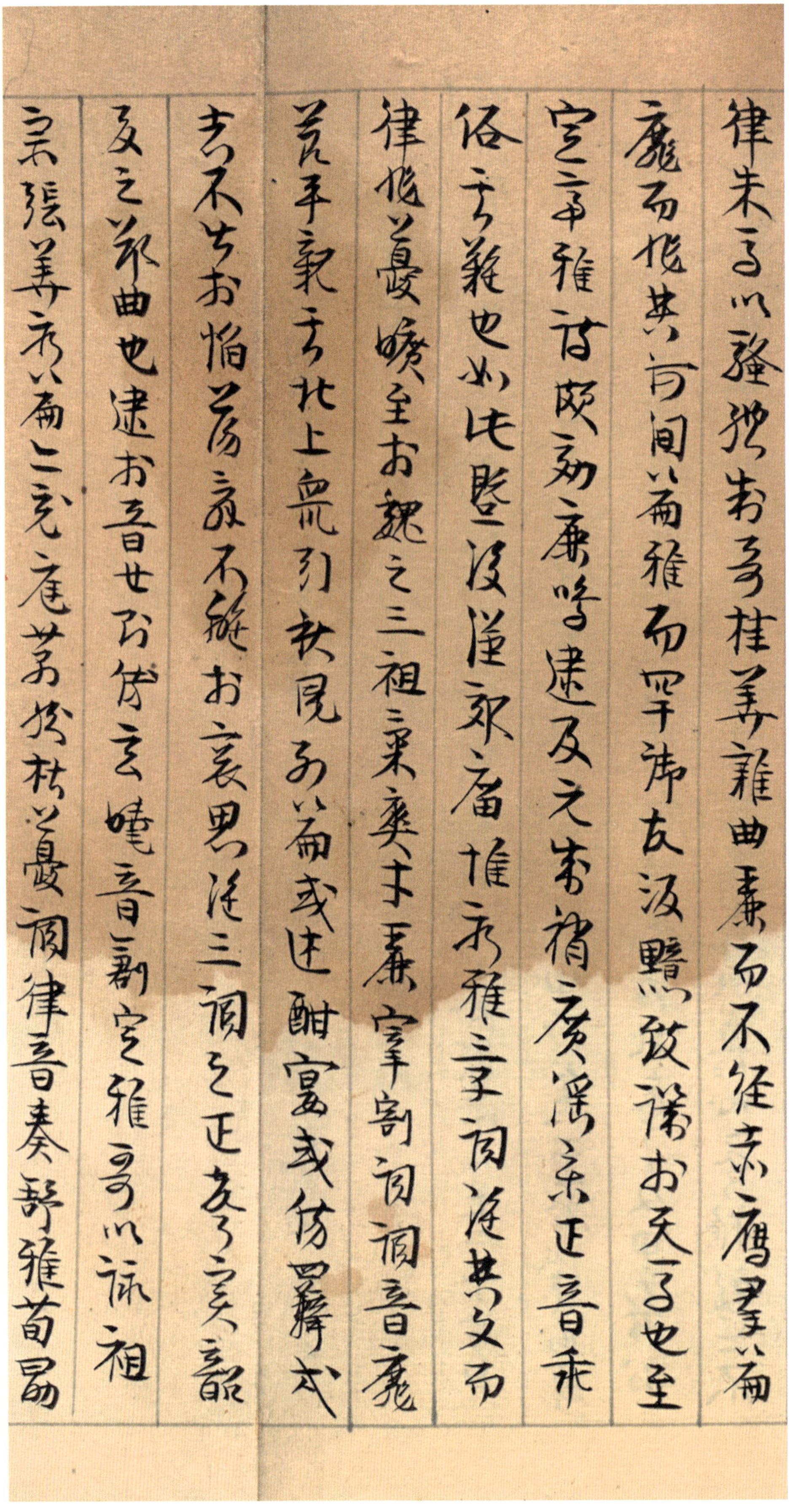

律朱馬以騷體制哥桂華雜曲麗而不経赤鴈羣篇
靡而非典河間薦雅而罕御故汲黯致譏於天馬也至
宣帝雅頌詩効鹿鳴迩及元成稍廣淫樂正音乖
俗其難也如此暨後漢郊廟惟雜雅章辭雖典文而
律非夔曠至於魏之三祖氣爽才麗宰割辭調音靡
節平觀其北上衆引秋風列篇或述酣宴或傷羈戍
志不出於淫蕩辭不離於哀思雖三調之正聲實韶
夏之鄭曲也逮於晉世則傅玄曉音創定雅哥以詠祖
宗張華新篇亦充庭萬然杜夔調律音奏舒雅荀勗

一八四

律，朱馬以騷體制哥，桂華雜曲，麗而不経，赤鴈〔二〕羣篇，

一八五 靡而非典，河間篇[二]雅而罕御，故汲黯致譏於天馬也。至

一八六 宣帝雅詩[三]，頗[四]効鹿鳴。逮[五]及元成，稍廣淫樂；正音乖

一八七 俗，其難也如此。暨後漢[六]郊庿[七]，惟新[八]雅章，詞雖典文，而

一八八 律非蔓[九]曠。至於魏之三祖，氣爽[一〇]才麗，宰剖[一一]詞調，音靡

一八九 節平。觀其北上衆引，秋風列篇，或述酣宴，或傷羇[一二]戍，

一九〇 志不出於惂[一三]蕩，辭不離於哀思，雖三調之正聲，實韶

一九一 夏之鄭曲也。逮於晉世，則傅玄曉音，創定雅哥，以詠祖

一九二 宗；張華新篇，亦充庭萬。然杜蔓調律，音奏舒雅；荀勖

校注

【一】「鴈」，見《漢鮮于璜碑》，范本作「雁」，字同。【二】「篇」，范本作「薦」。【三】「詩」，范本作「頌」。【四】「頗」，范本作「詩」。

【五】「逮」，范本作「邇」。【六】「漢」，范本無。【七】「庿」，范本作「廟」，《干禄字書》：「廟」「庿」並正。【八】「新」，范本作「雅」。

【九】「蔓」，乃「夔」之異體字，至正本、范本作「夔」，《集校》作「夔」，黄本作「夔」，字並同。【一〇】「爽」，范本作「爽」，《干禄字書》：

「爽」「爽」上通下正。《碑别字新編修訂本》：「爽」下收「爽」「爽」。【一一】「剖」，范本作「割」，字同。【一二】「羇」，范本作「羈」，

字同。【一三】「惂」，范本作「淫」，其注：孫云唐寫本作「惂」。「惂」「惂」字同。各本所釋如下：至正本作「滔」，黄本作「淫」，《集校》

作「慆」。

一九三

改懸，聲節稍[一]急，故阮咸譏其離磬[二]，後人驗其銅尺；和樂

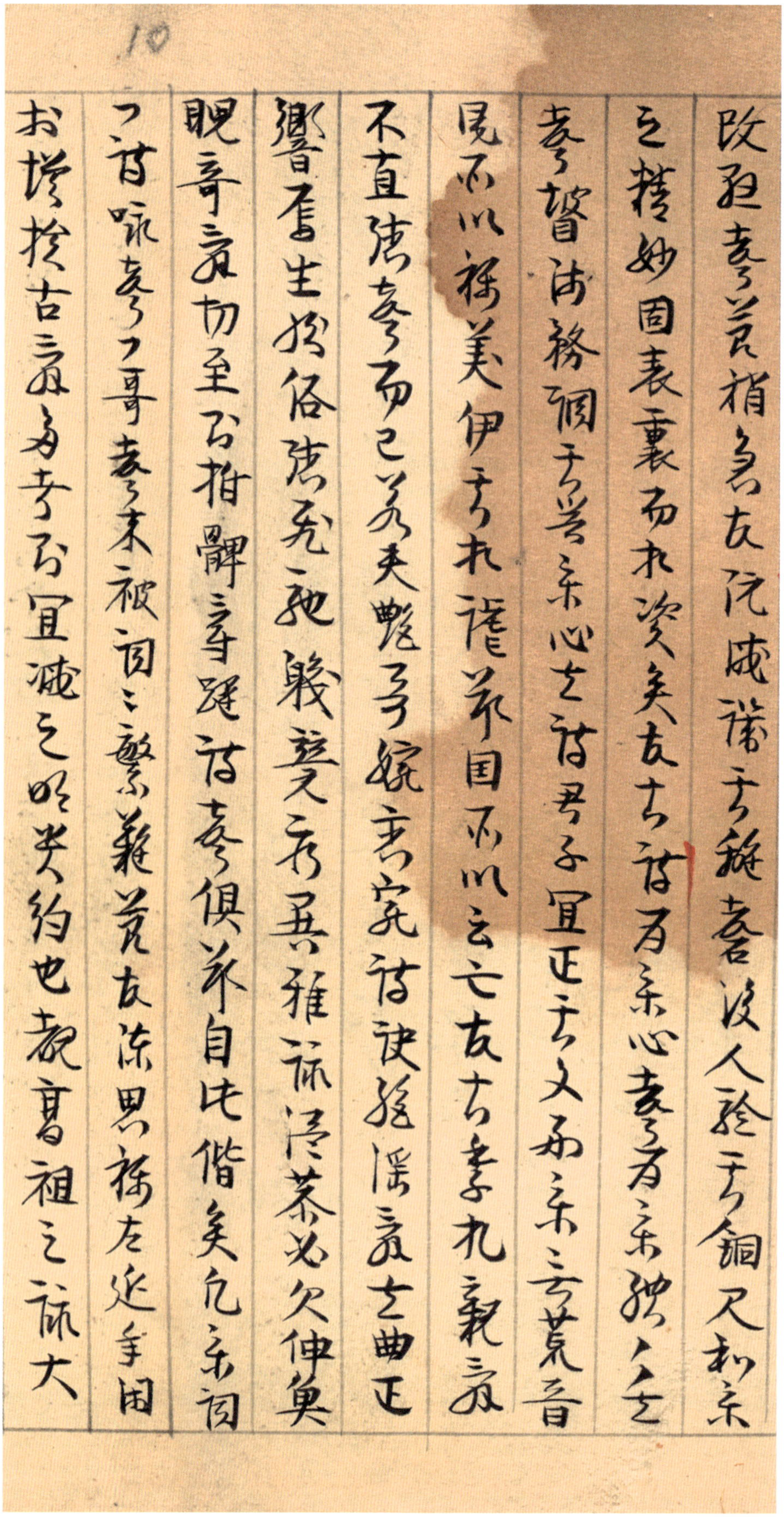

一九四 之[三]精妙，固表裏而相資矣。故知詩爲樂心，聲爲樂體，樂體在
一九五 聲，瞽師務調其器；樂心在詩，君子宜正其文。好樂無荒，晉
一九六 風所以稱美[四]；伊其相謔，鄭国所以去亡。故知季札觀辭，
一九七 不直聽[五]聲而已。若夫艷哥婉戀[六]，宛詩訣絶[七]，淫辭在曲，正
一九八 響焉生。然俗聽飛馳，職竟[八]新異，雅詠温恭，必欠伸魚
一九九 睍[九]；奇辭切至，則拊髀爵[一〇]躍；詩聲俱鄭，自此階[一一]矣。九[一二]樂詞
二〇〇 曰詩，咏[一三]聲曰哥，聲來被詞，詞繁難節；故陳思稱左[一四]延年閑
二〇一 於增損古辭，多者則宜減[一五]之，明貴約也。覩[一六]高祖之詠大

校注

【一】「稍」，范本作「哀」。【二】「磬」，范本作「聲」。【三】「之」，范本無。【四】「美」，范本作「遠」。【五】「聽」，范本作「聽」，字同。【六】「戀」，范本作「變」。【七】「宛詩訣絶」，范本作「怨志詄絶」。【八】「職竟」，范本作「職競」，字皆同。【九】「睍」，范本作「睨」，字同。《漢語大字典》：「児」同「兒」，而未收「睍」。查李世民《晉祠銘》，「蜺」作「蜺」，乃當時流通之字。《干禄字書》：「児兒，上俗下正」。可以互證。【一〇】「爵」，范本作「雀」，古通。【一一】「偕」，范本作「階」。【一二】「九」，范本作「凡」，字同。【一三】「咏」，范本作「詩」。【一四】「左」，范本作「李」，其注：「唐寫本作左延年，是。」【一五】「減」，俗字，范本作「減」，字同。【一六】「覩」，范本、至正本、黄本皆作「觀」。

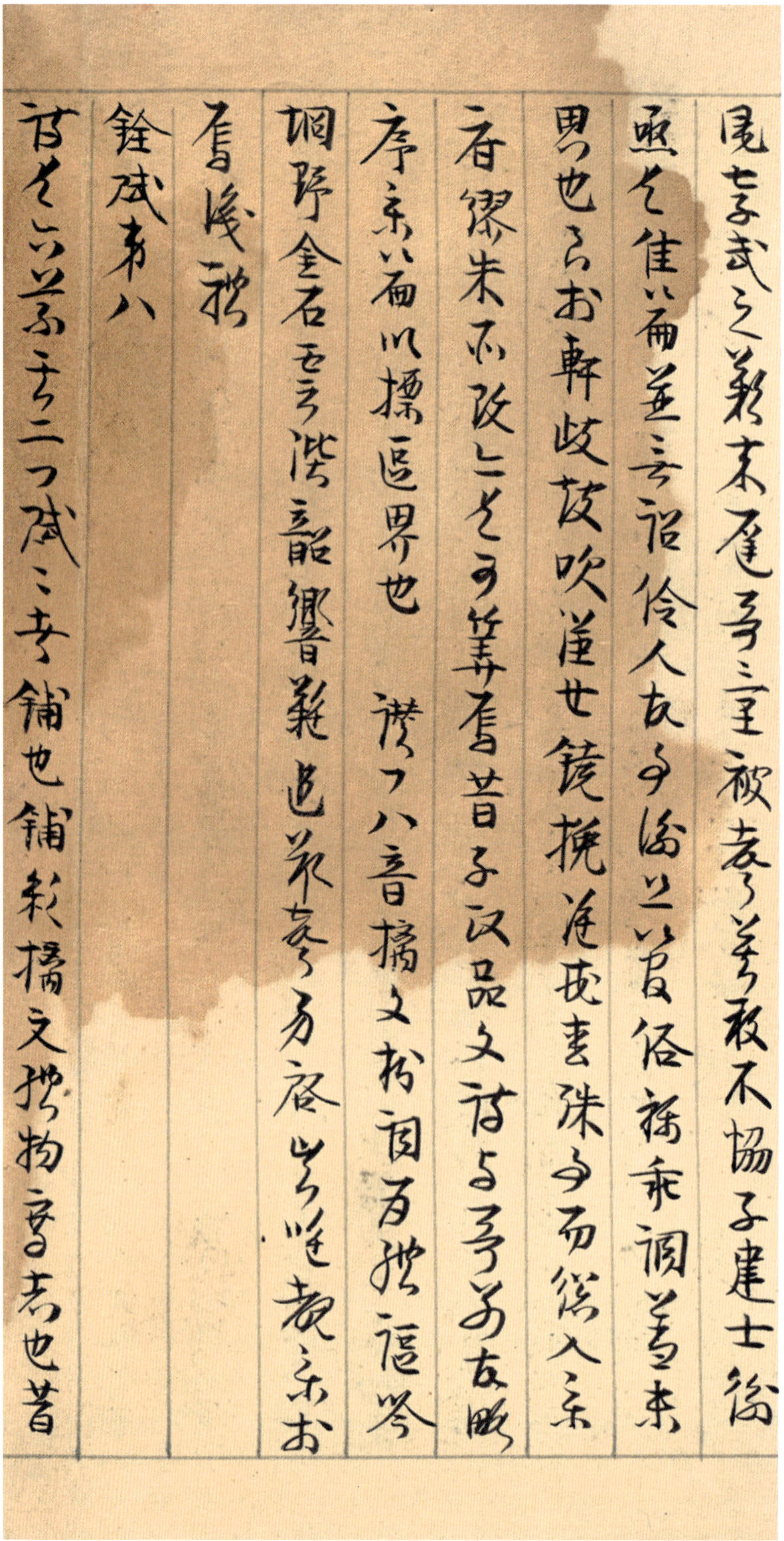
風孝武之歎來遲哥童被聲莫敢不協子建士衡
亟有佳篇並無詔伶人故事謝絲管俗稱乖調蓋未
思也乃於軒岐鼓吹漢世鐃挽雖戎喪殊而並總入樂
府繆朱不改亦充可算昔子政品文詩與歌別
序亦以而以標區界也　贊曰八音攄文樹辭為體謳吟
坰野金石云陛韶響難追鄭聲易啟豈惟觀樂於
焉識禮
詮賦第八
詩有六義其二曰賦賦者鋪也鋪采摛文體物寫志也昔

二〇二　風，孝武之歎來遲，哥童被聲，莫敢不協；子建士衡

二〇三　亟〔二〕有佳篇，並無詔伶人，故事謝〔三〕絲管，俗稱乖調，蓋未

二〇四 思也。至於軒[三]歧[四]鼓吹，漢世鐃挽，雖戎喪殊事，而[五]総[六]入樂

二〇五 府，繆[七]朱[八]所改[九]，亦有可筭[一〇]焉。昔子政品文，詩与哥別，故略

二〇六 序[一一]樂篇，以標區界也[一二]。　讃曰：八音摛文，樹詞爲體。謳吟

二〇七 坰[一三]野，金石雲陛，韶響難追，鄭聲易啓。豈唯觀樂，於

二〇八 焉識禮。

二〇九 銓[一四]賦弟八

二一〇 詩有六義，其二曰賦。賦者，鋪也；鋪彩摛文，體物寫志也。昔

校注

【一】「亟」，下横爲連飛點法，乃魏碑寫法；范本作「咸」。【二】「謝」，唐本草書與傳統草書「衡」無別，然唐本中十個「衡」之左旁皆作「彳」，唯二〇三行十二字之左旁作空挑「乚」，且至正本、黄本、范本皆作「謝」，乃從之。【三】「軒」，范本作「斬」，實「軒轅」也。【四】「歧」，范本作「伎」，實「歧伯」也。【五】「而」下，范本有「並」。【六】「総」，范本作「總」，字同。【七】「繆」，范本作「繆」，字同。【八】「朱」，范本作「襲」，其注：「繆襲《唐寫本》作繆朱，恐誤。繆襲作《魏鼓吹曲》十二首。」又《集校》引楊明照《拾遺》：『「朱」當是「韋」，草書「韋」、「朱」形近，故「韋」誤爲「朱」。「繆」是繆襲；「韋」是韋昭。』【九】「改」，范本作「致」。【一〇】「筭」，范本作「算」，字同。【一一】「序」，范本作「具」。【一二】「也」，范本無。【一三】「坰」，范本作「坰」，字同。【一四】「銓」，范本作「詮」。

三二

邰公稱公[二]獻詩，師箴瞽[三]賦。傳云：登高能賦，可爲大夫。詩

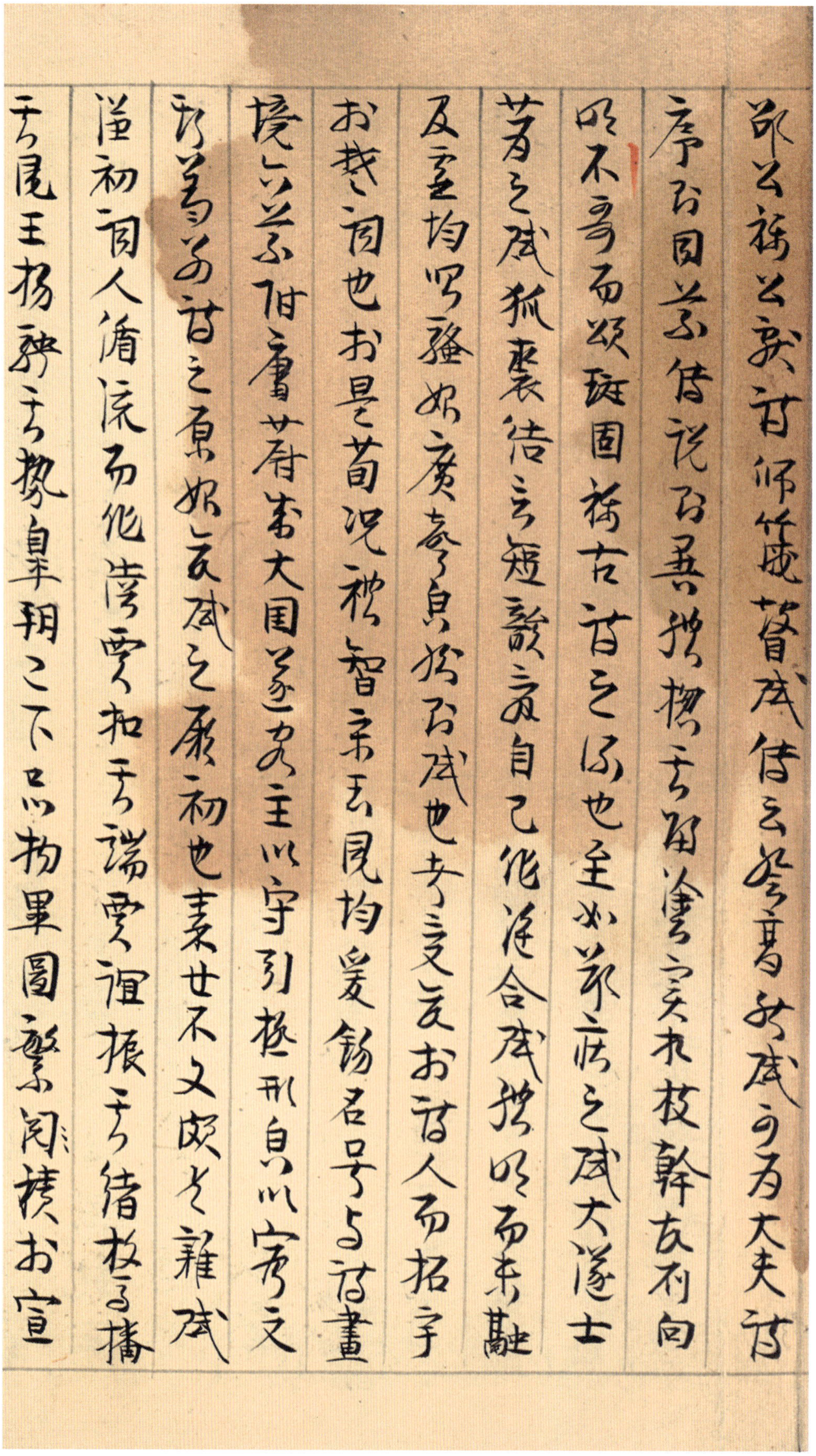

邵公稱公卿獻詩師箴瞽賦傳云登高能賦可爲大夫詩
序則同義傳說則異體總其歸塗實相枝幹故劉向
明不歌而頌班固稱古詩之流也至如鄭莊之賦大隧士
蔿之賦狐裘結言短韻詞自己作雖合賦體明而未融
及靈均唱騷始廣聲貌然則賦也者受命於詩人而拓宇
於楚辭也於是荀況禮智宋玉風釣爰錫名號與詩畫
境六義附庸蔚成大國遂客主以首引極聲貌以窮文
斯蓋別詩之原始命賦之厥初也秦世不文頗有雜賦
漢初詞人循流而作陸賈扣其端賈誼振其緒枚馬播
其風王揚騁其勢皋朔已下品物畢圖繁積於宣

序則同義，傳説則異體，揔其歸塗，實相枝幹。故[三]劉向[四]明不哥而頌，斑固稱古詩之流也。至如鄭莊之賦大隧，士蔿之賦狐裘，結言短[五]韻，辭自己作，雖合賦體，明而未融。及靈均唱騷，始廣聲皃。然則[六]賦也者，受命於詩人，而[七]拓宇於楚詞也。於是荀况禮智，宋玉風均[八]，爰錫名号[九]，与詩畫境，六義附庸，蔚成大国。遂客主以守[一〇]引，極形[一一]皃以窮文，斯盖別詩之原始，命賦之厥初也。秦世不文，頗有雜賦。漢初詞人，循流而作，陸賈扣其端，賈誼[一二]振其緒，枚馬播[一三]其風，王揚騁其勢，皐翔[一四]已下，品物畢圖。繁[一五]積於宣

校注

【一】「公」下，范本有「卿」。【二】「瞽」，范本無。【三】「故」，范本無。【四】「向」下，范本有「云」。【五】「短」，范本作「拒」，字同。【六】「則」，范本無。【七】「而」，范本無。【八】「均」，范本作「鈞」。【九】「号」，范本作「號」，字同。【一〇】「守」，范本作「首」。【一一】「形」，范本作「聲」。【一二】「誼」，范本作「誼」，字同：《隸辨》之《繁陽令楊君碑陰》收此形，《太平御覽》宋版《文心雕龍》爲「誼」，至正本、黃本《文心雕龍》皆爲「誼」，《漢語大字典》收「誼」而未收「誼」。【一三】「播」，范本作「同」。【一四】「翔」，范本作「朔」，字同。【一五】「繁」下，唐本原有「閲」，被書者點删。

時校閱於成世進御之賦千有餘首討其源流信興
而盛漢矣夫京殿苑獵述行序志並體國經野義
尚光大既履端於倡序亦歸餘於揔亂序以建言首引
情本亂以理篇寫送文勢案那之卒章閔馬稱亂故
知殷人得頌楚人理賦斯並鴻裁之環域雅文之樞轄
也至於草區禽族庶品雜類則觸興致情因變取會
擬諸形容則言務纖密象其物宜則理貴側附斯又
小制之區畛奇巧之機要也夫荀結隱語事數自
環宋發夸談實始淫麗枚乘兔園舉要以會新相如上
林繁類以成艷賈誼鵩鳥致辨於情理子淵洞簫窮變

時，挍[一]閲於成世，進御之賦千有餘首，討其源流，信興楚而盛漢矣。若[二]夫京殿苑獵，述行叙志，並體国經野，義尚光大，既履端於唱[三]序，亦歸餘於揔乱。序以建言，首引情本；乱以理篇，寫送文勢[四]。案那之卒章，閔馬稱乱，故知殷人緝[五]頌，楚人理賦，斯並鴻裁之環[六]域，雅文之樞轄也。至於草區禽族，庶品雜類[七]，則觸興置[八]情，因變取會：擬諸形容，則言務纖密，象其物宜，則理貴側附；斯又小製[九]之區昒[一〇]，奇巧之機要也。觀夫荀結隐語，事數自環，宋發夸[一一]談，實始淫麗；枚乘兔園，舉要以會新，相如上林，繁類以成艶；賈誼畏服[一二]，致辨於情衷[一三]，子淵洞簫，窮變

校注

【一】「挍」，范本作「校」，字同。【二】「若」，范本無。【三】「唱」，范本作「倡」，古通。【四】「寫送文勢」，范本作「迭致文契」。【五】「緝」，范本作「輯」，古通。【六】「環」，范本作「寰」。【七】「類」，范本作「類」，字同。【八】「置」，范本作「致」。【九】「製」，范本作「制」，古通。【一〇】「昒」，范本作「畛」，字同。【一一】「夸」，范本作「巧」。【一二】「畏服」，范本作「鵩鳥」。【一三】「衷」，范本作「理」。

於聲貌孟堅兩都明絢以雅贍張衡二京迅拔以宏富子
雲甘泉搆深偉之風延壽靈光含飛動之勢凡此十
家並詞賦之英傑也及仲宣靡密發篇必遒偉長博
通時逢壯采太沖安仁策勳於鴻規士衡子安底績於流
制景純綺巧縟理有餘彥伯梗概情韻不匱亦魏晉
之賦首也原夫登高之旨蓋睹物興情情以物興故義
必明雅物以情觀故詞必巧麗麗詞雅義符采相勝如組
織之品朱紫畫繪之著玄黃文雖新而有質色雖糅
而有本此立賦之大體也然逐末之儔蔑棄其本淫蕩子

於聲皃；孟堅兩都，明絢以雅贍，張衡二京，迅抜[一]以宏富；子雲甘泉，搆[二]深偉[三]之風，延壽靈光，含飛動之勢：凡此十家，並詞賦之英傑也。及仲宣靡密，發篇[四]必遒，偉長博通，時逢壯采；太冲安仁，策勳於鴻規，士衡子安，底績於流制；景純綺巧，縟理有餘，彥伯梗槩[五]，情韻不匱：亦魏晉之賦首也。原夫登高之旨，蓋覩物興情。情以物興，故義必明雅；物以情覩[六]，故詞必巧麗。麗詞雅義，符采相勝，如組織之品朱紫，畫繪之𢀩[七]玄黃，文雖雜[八]而有質，色雖糅而有義[九]，此立賦之大體也。然逐末之儔，蔑弃[一〇]其本，雖讀千

校注

【一】「抜」，此形始於漢隸，魏碑承之，乃「拔」之俗字，范本作「發」。【二】「搆」，范本作「構」，古通。【三】「偉」，《太平御覽》作「偉」，范本、至正本、黄本皆作「瑋」。【四】「篇」，范本作「端」。【五】「梗槩」，唐本原作「槩梗」，字間有倒乙符「√」；范本作「梗概」，字同。【六】「覩」，范本作「觀」。【七】「𢀩」，《干禄字書》：「𢀩、差，上俗下正。」今作「差」，范本作「著」。【八】「雜」，范本作「新」，《太平御覽》作「雜」，至正本作「新」。【九】「義」，范本作「本」。【一〇】「弃」，古字，范本作「棄」，字同。

戚會威然而遂使繁華損枝膏腴害骨無貴風軌
莫益勸戒此揚子所以追悔於雕蟲貽誚於霧縠者也
讚曰賦自詩出異流分派寫物圖貌蔚似雕畫抑滯必
揚言曠無隘風歸麗則辭翦稊稗

頌讚第九

四始之至頌居其極頌者容也所以美盛德而述形容也昔
帝嚳之世咸墨為頌以歌九招自商頌已下文理允備夫化
偃一國謂之風風正四方謂之雅雅容告神謂之頌風雅序
人故事兼變正頌主告神故義必純美魯以公旦次編商

二四〇 賦，愈惑體要，遂使繁華損枝，膏腴害骨，無實[一]風軌，
二四一 莫益勸戒，此楊子所以追悔於雕虫，貽誚於霧縠[二]者也。
二四二 讃曰：賦自詩出，異流分泒[三]。寫物圖皃，蔚似雕畫。抑[四]滯必
二四三 揚，言曠[五]無隘。風歸麗則，詞翦稊[六]稗。
二四四 頌讃弟九
二四五 四始之至，頌居其極。頌者，容也，所以美盛德而述形容也。昔
二四六 帝嚳之世，咸黑[七]爲頌，以哥九招[八]。自商頌[九]已下，文理允僃。夫化
二四七 偃[一〇]一国謂之風，風正四方謂之雅，雅[一一]容告神[一二]謂之頌。風雅序
二四八 人，故[一三]事兼變正；頌主告神，故[一四]義必純美。魯[一五]以公旦[一六]次編，商[一七]

校注

【一】「實」，范本作「貴」。【二】「縠」，《太平御覽》、至正本、范本作「縠」，字同。【三】「異流分泒」，范本作「分歧異派」，「泒」「派」字同。【四】「抑」同「抑」，范本作「枊」。【五】「曠」，范本作「庸」。【六】「稊」，范本作「美」。【七】「黑」，范本作「墨」。【八】「招」，范本作「韶」。【九】「頌」，范本無。【一〇】「偃」，范本作「偃」，字同。【一一】「雅」，范本無。【一二】「神」下，范本有「明」。【一三】「故」，范本無。【一四】「故」，范本無。【一五】「魯」下，范本有「國」。【一六】「旦」，唐本作「⿱口一」，避唐睿宗李旦之諱。【一七】「商」下，范本有「人」。

二九 以前王追録，斯乃宗廟之政[一]哥，非饗讌[二]之恒[三]詠也。時邁

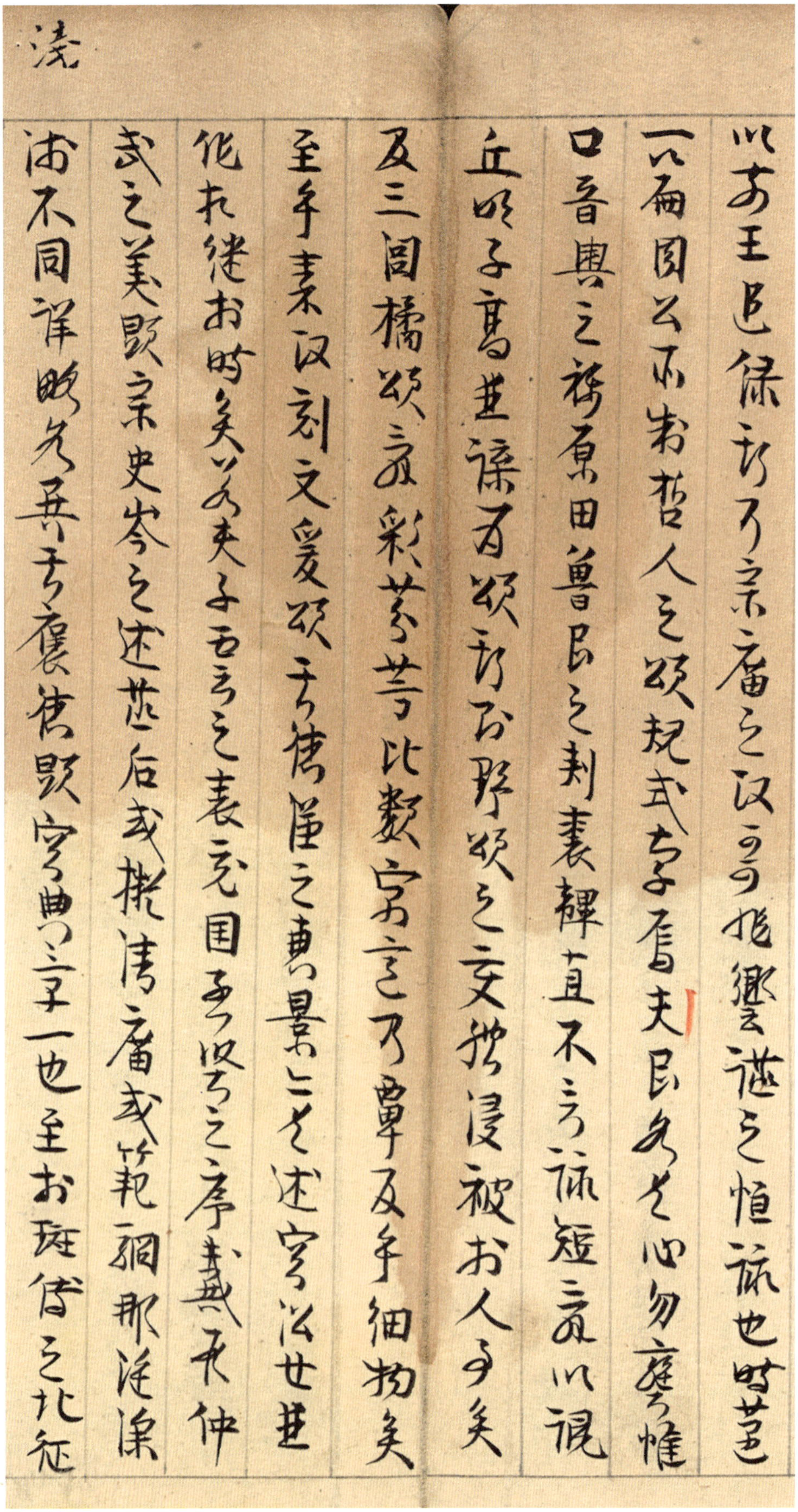

淺

一篇周公所制哲人之頌規式存焉夫民各有心勿壅惟
口晉輿之稱原田魯民之刺裘鞸直言不詠短辭以諷
丘明子高並諜爲頌斯則野誦之變體浸被於人事矣
及三閭橘頌情采芬芳比類寓意乃覃及細物矣
至於秦政刻文爰頌其德漢之惠景亦有述容沿世並
作相繼於時矣若夫子雲之表充國孟堅之序戴侯仲
武之美顯宗史岑之述熹后或擬清廟或範駉那涉渠
深不同詳略各異其褒德顯容典章一也至於班傅之北征

一篇，周公所制，哲人之頌，規式存焉。夫民各有心，勿壅惟口。晉輿之稱原田，魯民之刾裘鞸[四]，直不言[五]詠，短辭以諷，丘明子高，並諫[六]爲頌[七]，斯則野頌之變體，浸被於[八]人事矣。及三閭橘頌，辭彩[九]芬芓[一〇]，比類寓意，乃[一一]覃[一二]及乎[一三]細物矣。至乎[一四]秦政刻文，爰頌其德；漢之惠[一五]景，亦有述容；沿世並作，相繼於時矣。若夫子雲之表充国，孟堅之序戴侯[一六]，仲武[一七]之美顯宗，史岑之述燕[一八]后，或擬清廟，或範駉[一九]那，雖深淺[二〇]不同，詳略各異，其褒德顯容，典章一也。至於斑傅之北征

校注

【一】「政」，范本作「正」，古通。【二】「饗讌」，范本作「讌饗」。【三】「恒」，范本作「常」。【四】「鞸」，范本作「韠」，字同。【五】「不言」，范本作「言不」。【六】「諫」，范本作「諜」，字同。【七】「頌」，范本作「誦」。【八】「於」，范本作「乎」。【九】「辭彩」，范本作「情采」。【一〇】「芓」，《太平御覽》、至正本、黄本皆作「芳」。【一一】「乃」，范本作「又」。【一二】「覃」，乃「覃」之俗字，范本作「覃」。【一三】「乎」，范本無。【一四】「乎」，范本作「於」。【一五】「惠」，范本作「惠」，字同。【一六】「侯」，唐本似「段」。【一七】「仲武」，范本作「武仲」，《集校》：「傅毅字武仲。」【一八】「燕」，范本作「熹」。【一九】「駉」，范本作「駉」，字同。【二〇】「深淺」，范本作「淺深」，二五七行上框上有一小楷「淺」，乃後人書。

13

而延文為序引豈不褒過而謬體哉馬融之廣成上林
雅而似賦何弄文而失質乎又崔瑗文學蔡邕樊渠並
致美於序而簡約乎篇摯虞品藻頗為精覈至云
雜以風雅而不辨旨趣徒張虛論有似黃白之偽說矣
及魏晉雜頌鮮有出轍陳思所綴以皇子為標陸機積
篇惟功臣最顯其褒貶雜居固末代之訛體也原夫頌惟
典雅詞必清鑠敷寫似賦而不入華侈之區敬慎如銘而
異乎規戒之域揄揚以發藻汪洋以樹義唯纖巧曲致與
情而變其大體所底如斯而已　讚者明也助也昔虞舜
之祀樂正重讚蓋唱發之詞也及益讚于禹伊陟讚

二五八 西征[一]，變爲序引，豈不褒通[二]而謬體哉！馬融之廣成上林，
二五九 雅而似賦，何弄文而失質乎！又崔瑗文學，蔡邕樊渠[三]，並
二六〇 致美於序，而簡約乎篇，摯虞品藻，頗爲精覈，至云
二六一 雜以風雅，而不辨[四]旨趣，徒張虛論，有似黃白之僞説矣。
二六二 及魏晉雜[五]頌，鮮有出轍。陳思所綴，以皇子爲摽；陸機積
二六三 篇，唯功臣寂[六]顯；其褒貶雜居，固末代之訛體也。原夫頌惟
二六四 典懿[七]，詞必清鑠，敷寫似賦而不入華侈之區，敬慎如銘而
二六五 異乎規戒之域，揄揚以發藻，汪洋以樹儀[八]。雖[九]纖巧曲[一〇]致，興[一一]
二六六 情而變，其大體所弘[一二]，如斯而已。 讚者，明也，助也。昔虞舜
二六七 之祀，樂正重讚，盖唱發之詞也。及益賛[一三]于[一四]禹，伊陟賛

校注

【一】「征」，范本作「巡」。【二】「通」，范本作「過」。【三】「渠」，俗字，范本作「渠」，字同。【四】「辨」，范本作「變」。【五】「雜」，范本作「辨」。【六】「寂」，范本作「最」，字同。【七】「懿」，范本作「雅」。【八】「儀」，范本作「義」。【九】「雖」，范本作「唯」。【一〇】「巧曲」，范本作「曲巧」。【一一】「興」，范本作「與」。【一二】「弘」，同「弘」，范本作「底」。【一三】「賛」，范本作「讚」，古通。【一四】「于」，范本作「於」，字同。

於巫咸並颺言以明事嗟歎以助辭故漢置鴻臚以唱
拜為讚即古之遺語也至相如屬筆始讚荊軻及史
班固書託讚褒貶約文以總錄頌體而論辭也又紀傳
後評亦同其名而仲洽流別謬稱為述失之遠矣及景
純注爾雅動植讚之義兼美惡亦猶頌之變耳然本其
為義事生獎歎所以古來篇體促而不曠必結言於四
字之句盤桓乎數韻之詞約舉以盡情照灼以送文此其
體也發源雖遠而致用蓋寡大抵所歸其頌家之細條
乎
讚曰容體底頌勳業垂讚鏤影攡聲文理有爛年

於巫咸，並颺言以明事，嗟歎以助辭[一]。故漢置鴻臚，以唱拜爲讚，即古之遺語也。至相如屬筆，始讚荊軻。及史班曰書[二]，託讚褒貶。約文以揔録，頌體而[三]論詞也[四]。又紀傳後評，亦同其名。而仲治[五]流別，謬稱爲述，失之遠矣。及景純注尔[六]雅，動植賛之[七]，事[八]兼美惡，亦猶頌之𧦝[九]耳。然本其爲義，事生奬歎，所以古來篇體，促而不曠[一〇]，必結言於四字字[一一]句，盤桓于[一二]數韻之詞，約舉以盡情，照[一三]灼以送文，此其體也。發源雖遠，而致用蓋寡[一四]，大扺[一五]所歸，其頌家之細條乎！

讚曰：容德[一六]底頌，動業垂讚。鏤影[一七]摛聲，文[一八]理有爛。年

校注

【一】「辭」下，范本有「也」。【二】「史班曰書」，范本作「遷史固書」。【三】「而」，范本作「以」。【四】「也」，范本無。【五】「治」，范本作「洽」，《太平御覽》、黄本皆作「治」，至正本作「冶」。【六】「尔」，范本無。【七】「賛之」，范本作「必讚」。【八】「事」，范本作「義」。【九】「𧦝」，俗字，范本作「變」，字同。【一〇】「曠」，范本作「廣」。【一一】「字」，范本作「之」。【一二】「于」，范本作「乎」。【一三】「照」，范本作「昭」。【一四】「寡」，范本作「寡」，字同。【一五】「扺」，俗字，范本作「抵」，字同。【一六】「德」，范本作「體」。【一七】「影」，范本作「彩」。【一八】「聲，文」，范本作「文，聲」。

14

逾遠音徽如旦降及品物炫辭作翫

祝盟第十

天地定位祀遍群神六宗既禋三望咸秩甘雨和風是生黍稷兆民所仰美報興焉犧盛惟馨本於明德祝史陳信資乎文辭昔伊耆始蜡以祭八神其辭云土反其宅水歸其壑昆蟲毋作草木歸其澤則上皇祝文爰在茲矣舜之祠田云荷此長耜耕彼南畝与四海俱有利民之志頗形於言矣至於商履聖敬日躋玄牡告天以萬方罪己即郊禋之辭也素車禱旱以六事責躬則雩禜之文也及周之太祝掌六祝之辭是以庶物咸生陳於天

二七七 迹[一]逾[二]遠，音徽如𠙵。降及品物，炫辭作翫。

二七八 祝盟第十

二七九 天地定位，礼[三]遍[四]羣神。六宗既禋，三望咸秩[五]，甘雨和風，是

二八〇 生禝黍[六]，兆民所仰，美報興焉。犧盛惟馨，夲扵明德。祝

二八一 史陳信，資于[七]文詞。昔伊耆[八]始蜡，以祭八神。其詞云：土反其

二八二 宅，水歸其壑，昆虫無作，草木歸其澤。則上皇祝文，曖[九]在茲

二八三 矣。舜之祠田云：荷此長耜，耕彼南畝，与[一〇]四海俱有。利民之

二八四 志，頗形扵言矣。至扵商履，聖敬日躋，玄牡告天，以万方罪

二八五 己，即郊禋之辭也；素車禱旱，以六事責[一一]躬，即雩禜[一二]之

二八六 文也。及周之太[一三]祝，掌六祝之辭，是以庶物咸生，陳扵天

校注

【一】「迹」，范本作「積」。【二】「逾」，范本作「愈」。【三】「礼」，范本作「祀」。【四】「遍」，范本作「偏」，字同。【五】「祑」，范本作「秩」。【六】「禝黍」，范本作「黍稷」，「稷」「禝」字同。【七】「于」，范本作「乎」。【八】「耆」，范本作「耆」，字同。【九】「曖」，范本作「爰」。【一〇】「与」，范本無。【一一】「責」下，唐本原有「人」，被書者點删。【一二】「禜」，范本、至正本皆作「禜」。【一三】「太」，范本作「大」，古通。

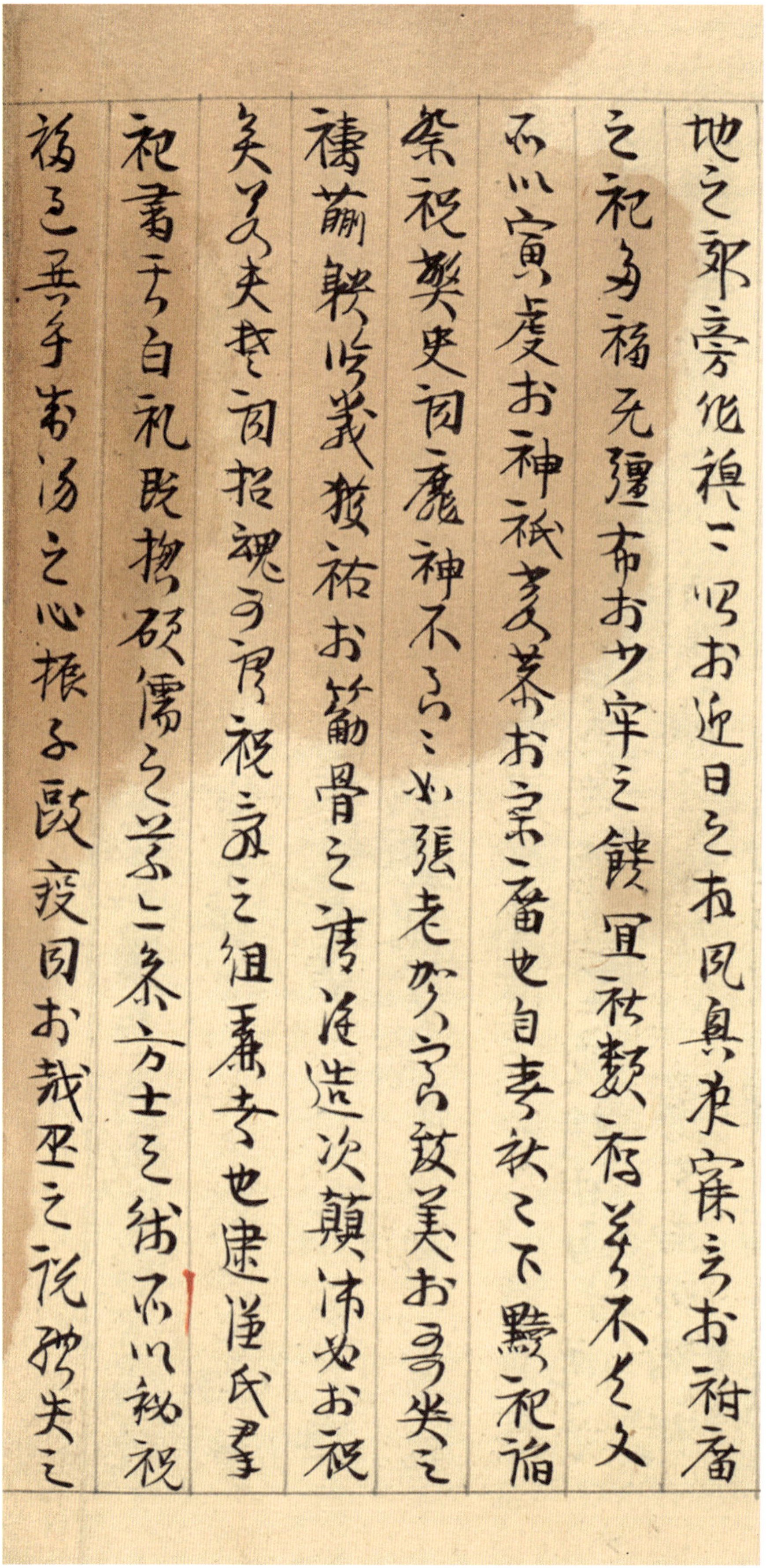

二八七 地之郊；旁作穆[一]穆，唱於迎日之拜。夙興夜寐[二]，言於祔廟

二八八 之祀[三]；多福无疆[四]，布於少牢之饋。宜社類禡，莫不有文。

二八九 所以寅虔於神祇[五]，嚴恭於宗廟也。自[六]春秋已下，黷祀諂

二九〇 祭，祝獘[七]史詞，靡神不至。至如[八]張老賀[九]室，致美[一〇]於哥尖[一一]之

二九一 禱；蒯贖[一二]臨戰，獲祐[一三]於筋[一四]骨之請。雖造次顛[一五]沛，必於祝

二九二 矣。若夫楚詞招魂，可謂祝辭之組麗[一六]者[一七]也。逮[一八]漢氏[一九]羣

二九三 祀，肅其百[二〇]礼，既總碩儒之義[二一]，亦条方士之術。所以秘祝

二九四 移過，異乎[二二]成湯之心；振[二三]子毆疫，同於[二四]越巫之說[二五]，體[二六]失之

校注

【一】「穆」，始見於漢隸《譙君碑》，在魏碑則廣泛使用，至唐收於《五經文字》，至宋收入《玉篇》；《太平御覽》、至正本、黄本皆作「穆」，《漢語大字典》未收；范本作「穆」，字同。【二】「寐」，同「寐」，范本作「處」。【三】「祀」，范本作「祝」。【四】「彊」，范本作「疆」，古通。【五】「祇」，俗字，范本作「祇」，字同。【六】「自」，范本無。【七】「獘」，范本作「幣」，古通。【八】「如」，范本作「於」。【九】「賀」，范本作「成」。【一〇】「美」，范本作「善」。【一一】「尖」，范本作「哭」，字同；此形見顏真卿書《顏家廟碑》，《漢語大字典》未收。【一二】「贖」，《集校》作「聵」，范本作「聵」，字皆同。【一三】「祐」，范本作「佑」，古通。【一四】「筋」，俗字，范本作「筋」，字同。【一五】「顛」，俗字，范本作「顛」，字同。【一六】「麗」，范本作「纚」。【一七】「者」，范本無。【一八】「逮」，范本無。【一九】「氏」，范本作「之」。【二〇】「百」，范本作「旨」。【二一】「義」，范本作「儀」。【二二】「乎」，范本作「於」。【二三】「振」，范本作「侲」。【二四】「於」，范本作「乎」。【二五】「說」，范本作「祝」。【二六】「體」，范本作「禮」。

二九五

漸也。至如黃帝有咒[一]耶[二]之文，東方朔有罵鬼之書，於是

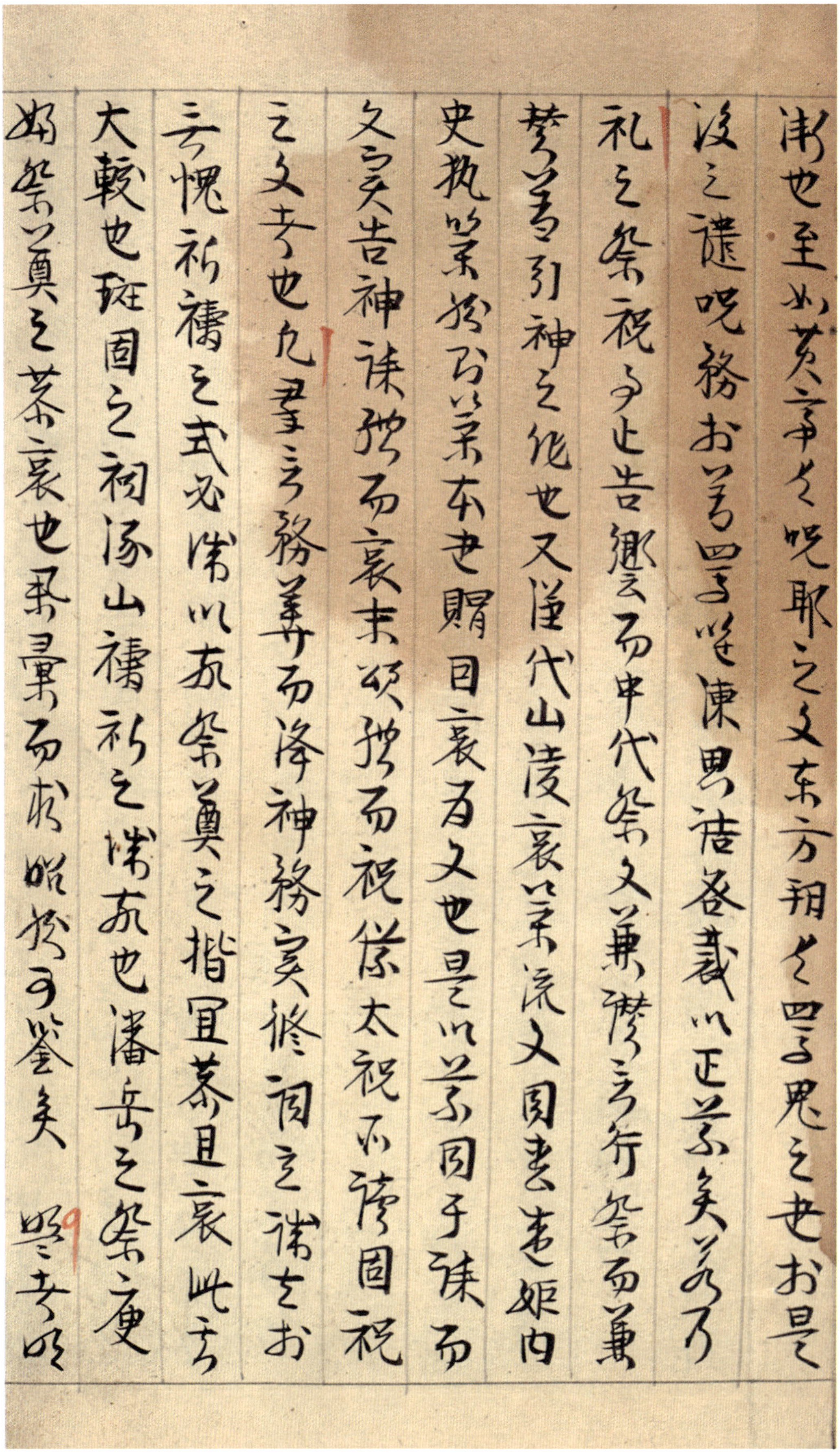
漸也至如黃帝有咒耶之文東方朔有罵鬼之書於是
後之遣咒務於善罵唯陳思誥咎裁以正義矣若乃
禮之祭祀事止告饗而中代祭文兼讚言行祭而兼
讚蓋引神之作也又漢代山陵哀策流文周喪盛姬內
史執策然則策本書贈因哀而為文也是以義同於誄而
文實告神誄首而哀末頌體而祝儀太祝所讀固祝
之文者也凡群言務華而降神務實修辭立誠在於
無愧祈禱之式必誠以敬祭奠之楷宜恭且哀此其
大較也班固之祀濛山祈禱之誠敬也潘岳之祭庾
婦祭奠之恭哀也舉彙而求昭然可鑒矣　盟者明

二九六 後之譴咒，務於善罵。唯陳思詰[三]咎[四]，裁以正義矣。若乃
二九七 礼之祭祝[五]，事止告饗；而中代祭文，兼讃言行。祭而兼
二九八 賛，盖引神之[六]作也。又漢代山陵，哀策流文；周喪盛姫[七]，内
二九九 史執策。然則策夲書賵[八]，曰哀[九]爲文也。是以義同于誄，而
三〇〇 文實告神，誄體[一〇]而哀末，頌體而祝儀，太祝所讀，固祝
三〇一 之文者也[一一]。凢羣言務[一二]華，而降神務實，修詞立誠，在於
三〇二 無愧[一三]。祈禱之式，必誠以敬；祭奠之楷[一四]，宜恭且哀，此其
三〇三 大較也。斑固之祠[一五]涿[一六]山，禱祈[一七]之誠敬也；潘岳之祭庚[一八]
三〇四 婦，祭奠[一九]之恭哀也；舉彙而求，昭然可鑒矣。盟者，明

校注

【一】「咒」，范本作「祝」。【二】「耶」，范本作「邪」，古通。【三】「詰」，范本作「誥」。【四】「咎」，范本作「咎」，《干禄字書》：「咎、咎，上通下正。」【五】「祝」，范本作「祀」。【六】「之」，范本作「而」。【七】「姫」，范本作「姬」，古通。【八】「賵」，范本作「贈」。【九】「哀」下，范本有「而」。【一〇】「體」，范本作「首」。【一一】「太祝所讀，固祝之文者也」，范本作「太史所作之讚，因周之祝文也」。【一二】「務」，范本作「發」。【一三】「愧」，范本作「媿」，字同。【一四】「楷」，唐本左作「扌」，草書「扌」和「木」旁每混。【一五】「祠」，范本作「祀」，古通。【一六】「涿」，范本作「濛」。【一七】「禱祈」，范本作「祈禱」。【一八】「庚」，乃「庚」之俗字。【一九】「祭奠」，范本作「奠祭」。

也騂旄白馬珠盤玉敦陳辭乎方明之下祝告於神明
者也在昔三王詛盟不及時有要誓結言而退周衰屢
盟以及要劫始之以曹沫終之以毛遂及秦昭盟夷設
黃龍之詛漢祖建侯定山河之誓然義存則克終道
廢則渝始崇替在人祝何預焉若夫臧洪歃血辭截
雲蜺劉琨鐵誓精貫霏霜而無補於晉漢反為仇
讎故知信不由衷盟無益也夫盟之大體必序危機
獎忠孝共存亡戮心力祈幽靈以取鑒指九天以為正感
激以立誠切至以敷辭此其所同也然非辭之難處辭

三〇五 也。騂旄[一]白馬，珠盤玉敦，陳詞乎方明之下，祝告於神明
三〇六 者也。在昔三王，詛盟不及，時有要誓，結言而退。周衰屢
三〇七 盟，弊及要刼[二]，始之以曹沫，終之以毛遂。及秦昭盟夷，設
三〇八 黄龍之詛；漢祖建侯，定山河之誓。然義存則克終，道
三〇九 廢則渝始。崇替在人，祝[三]何豫焉？若夫慼[四]洪唔[五]血[六]，辭截
三一〇 雲蜺[七]；劉琨鐵[八]誓，精貫霏霜；而無補[九]漢晉[一〇]，而[一一]反爲仇[一二]
三一一 雠[一三]。故知信不由[一四]衷，盟無益也。夫盟之大體，必序危機，
三一二 奨乎忠孝，存亡勠力[一五]，祈幽靈以取鑒，指九天以爲正，感
三一三 激以立誠，切至以敷詞，此其所同也。然非詞之難，處辭

校注

【一】「旄」，范本作「毛」。【二】「弊及要刼」，范本作「以及要契」。【三】「祝」，范本作「呪」。【四】「慼」，范本作「臧」，字同。【五】「唔」，范本作「歃」，字同。【六】「血」，范本作「辭」。【七】「辭截雲蜺」，范本作「氣截雲蜺」，「蜺」「蜺」字同，注見一九九行。【八】「鐵」，范本作「鐵」，字同。【九】「補」下，范本有「於」。【一〇】「漢晉」，范本作「晉漢」。【一一】「而」，范本無。【一二】「仇」，俗字，范本作「仇」，字同。【一三】「雠」，唐本似「雠」，而左「隹」向右上空挑乃是「言」。【一四】「不由」，唐本原作「由不」，字間有倒乙符。【一五】「奨乎忠孝，存亡勠力」，范本作「獎忠孝，共存亡，戮心力」，「勠」「戮」字同。

爲難後之君子宜存殷鑒忠信可矣無恃神焉
讚曰秘祀欽明祝史惟談立誠在肅脩辭必甘季代弥
飾絢言朱藍神之來格所貴無慚
卷第三　大寶積經　一　大寶積積佛
銘箴第十一　一　大寶積　大寶言　大寶積經第一
昔帝軒刻輿几以弼違大禹勒筍簴以招諫成湯盤
盂著日新之規武王戶席題必誡之訓周公慎言於金
人仲尼革容於敧器則聖鑒戒其來久矣銘者名也
觀器必名焉正名審用貴乎慎德蓋臧仲之論銘

三二四 爲難。後之君子，宜存[一]般鑒，忠信可矣，無恃神焉！
三二五 讚曰：秘祀唔血[二]，祝史惟談，立誠在肅，修詞必甘。季代弥
三二六 飾，絢言朱藍。神之來格，所貴無慙[三]。
三二七 卷弟三[四]
三二八 銘箴弟十一[五]
三二九 昔帝軒刻輿几以弼違，大禹勒簨[六]簴以[七]招諫；成湯盤
三三〇 盂，着[八]日新之規，武王户席，題必誡[九]之訓；周公慎言於金
三三一 人，仲尼革容於攲[一〇]器；列[一一]聖鑒戒，其来久矣。銘[一二]者，名也。
三三二 觀器必名焉，正名審用，貴乎慎德[一三]。盖威仲[一四]之論銘

校注

【一】「存」，范本作「在」。【二】「秘祀唔血」，范本作「毖祀欽明」。【三】「慙」，范本作「慚」，字同。【四】本行下有「大寶積経、大寶積佛」，後人書。【五】本行下有「一大寶積、大寶言、大寶積経弟一」，後人書。【六】「簨」，范本作「筍」，古通。【七】「以」，范本作「而」。【八】「着」，《干禄字書》「着、著、著，上俗、中通、下正。」【九】「誡」，范本作「戒」，古通。【一〇】「攲」，范本作「欹」，字同。【一一】「列」，范本作「則先」。【一二】「銘」上，范本有「故」。【一三】「觀器必名焉，正名審用，貴乎慎德」，范本作「觀器必也正名，審用貴乎盛德」。【一四】「仲」上，范本有「武」。

16

也夏鑄九牧之金周勒肅慎之楛令德之事也呂望銘功於昆吾仲山鏤績於庸器計功之義也魏顆紀勳於景鐘孔悝表勤於衛鼎稱伐之類也若乃飛廉有石槨之錫靈公有奪里之謚銘發幽石吁可怪也趙靈勒跡於番吾秦昭刻博於華山夸誕示後吁可笑也詳觀衆例銘義見矣至於始皇勒岳政暴而文澤亦有疏通之美焉若班固燕然之勒張昶華陰之碣序亦盛矣蔡邕銘思獨冠古今橋公之鉞吐納典謨朱

三二三　也[一]，夏鑄九牧之金[二]，周勒肅慎之楛[三]，令德之事也；呂望銘
三二四　功於昆吾，仲山鏤績於庸器，計功之義也；魏顆紀勳於
三二五　景鍾[四]，孔悝表勤於衛鼎，稱伐之類也。若乃飛廉有石[五]
三二六　槨之錫，靈公有舊[六]里之謚，銘發幽石，噫[七]可怯也[八]！趙靈
三二七　勒迹[九]於潘[一〇]吾，秦昭刻博於華山，夸誕示後，吁可笑也！詳
三二八　觀衆例，銘義見矣。至於始皇勒岳，政暴而文澤，亦
三二九　其[一一]踈[一二]通之美焉。斑[一三]固燕然之勒，張旭[一四]華陰之碣，序
三三〇　亦盛矣。蔡邕銘思，獨冠古今。槗[一五]公之鉞，則[一六]吐納典謩[一七]；朱

校注

【一】「也」下，范本有「曰：天子令德，諸侯計功，大夫稱伐。」【二】「金」下，范本有「鼎」。【三】「楛」下，范本有「矢」。【四】「鍾」，范本作「鐘」，古通。【五】三二五行與三二六行之間唐本有空行，行中有七個似「言」之草書，後人書。【六】「舊」，范本作「蒿」。【七】「噫」，范本作「吁」。【八】「也」，范本作「矣」。【九】「迹」，范本作「跡」，古通。【一〇】「潘」，范本作「番」。【一一】「其」，范本作「有」。【一二】「踈」，范本作「疎」，字同。【一三】「斑」上，范本有「若」。【一四】「旭」，《太平御覽》作「旭」，至正本、黄本、范本皆作「昶」。【一五】「槗」，范本作「橋」，字同；漢隸「喬」作「髙、喬」。【一六】「則」，范本無。【一七】「謩」，范本作「謨」，字同。

穆之鼎全成碑文溺所長也至如敬通雜器準矱武銘而事非其物繁略違中崔駰品物讚多戒少李尤積篇義儉辭碎蓍龜神物而居博弈之下衡斛嘉量而在杵臼之末曾名品之未暇何事理之能閑哉魏文九寶器利辭鈍唯張載劒閣其才清采迅足駸駸後發前至勒銘岷漢得其宜矣

箴者針也所以攻疾防患喻箴石也斯文之興盛於三代夏商二箴餘句頗存周之辛甲百官箴闕唯虞箴一篇體義備焉迄至春秋微而未絕故魏絳諷君於后羿楚子訓人於在勤戰

穆之鼎，全成碑文，溺所長也。至如敬通雜器，准[一]矱武[二]銘；而事非其物，繁略違中。崔駏[三]品物，讚多戒少；李尤積篇，義儉辭碎。蓍龜神物，而居博弈之下[四]；衡斛嘉量，而在杵臼[五]之末；曾名品之未暇，何事理之能閑哉？魏文九寶，器利辭鈍[六]。唯張載劒閣，清采其才[七]。迅足駸駸，後發前至，詔勒[八]岷漢，得其宜矣。箴者，針也[九]。所以攻疾防患，喻箴[一〇]石也。斯文之興，盛於三代。夏商二箴，餘句頗存。周[一一]之辛甲，百官箴闕，唯虞箴[一二]一篇，體義倫焉。迄至春秋，微而未絶。故魏絳諷君於后羿，楚子訓人[一三]於在勤。戰

校注

【一】「准」，范本作「準」；《玉篇》：「准，俗準字。」【二】「武」，范本作「戒」。【三】「駏」，范本作「駰」，字同。【四】「下」，范本作「中」。【五】「杵臼」，范本作「臼杵」。【六】「鈍」，范本作「鈍」，字同。【七】「清采其才」，范本作「其才清采」。【八】「詔勒」，范本作「勒銘」。【九】「針也」，范本無。【一〇】「箴」，范本作「鍼」，字同。【一一】「周」上，范本有「及」。【一二】「闕唯虞箴」，范本無。【一三】「人」，范本作「民」。

17

伐之末弃德務功銘詞代興以箴文萎絕至揚雄稽古始
範虞箴作卿尹州牧廿五篇及崔胡補綴揔稱百官指事
配位鞶鑑有徵可謂追清風於前古攀辛甲於後代者
也至於潘勗符節要而失淺溫嶠侍臣博而患繁王
濟國子引多而事寡潘尼乘輿義正而體蕪凡斯繼
作鮮有克衷至於王朗雜箴乃寘巾履得其戒慎而
失其所施觀其約文舉要憲章武銘而水火井竈繁辭
不已志有偏也夫箴誦於官銘題於器名目雖異而警
戒實同箴全禦過故文資確切銘兼褒讚故體貴弘
潤其取事也必覈以辨其摛文也必簡而深此其大要也

伐[一]已[二]來，弃德務功，銘詞代興，箴文萎[三]絶。至楊雄稽古，始範虞箴，卿[四]尹州牧廿[五]五篇。及崔胡補綴，揔稱百官，指事配位，鞶鑑有[六]徵，可[七]謂追清風於前古，攀辛甲於後代者也。至於潘勖符節，要而失淺，温嶠[八]侍[九]臣，博而患繁；王濟国子，引多而[一〇]事寘[一一]，潘尼乘輿，義正而[一二]體蕪；凡斯繼作，鮮有克衷。至於王朗雜箴，乃寘巾履[一三]，得其誡[一四]慎，而失其施[一五]。觀其約文舉要，憲章武[一六]銘，而水火井竈，繁辭不已，志有偏也。夫箴誦於官，銘題於器，名用[一七]雖異，而警戒實同。箴全禦過，故文資确切；銘兼褒讚，故體貴弘潤：其取事也必覈以辨，其擒文也必簡而深，此其大要也。

校注

【一】「伐」，范本作「代」。【二】「已」，范本作「以」。【三】「萎」，范本作「委」。【四】「卿」上，范本有「作」。【五】「廿」，范本作「二十」。【六】「有」，范本作「可」。【七】「可」，范本作「信所」。【八】「嶠」，范本作「嶠」，字同。【九】「侍」，范本作「傅」。【一〇】「多而」，范本作「廣」。【一一】「寘」，范本作「雜」。【一二】「而」，范本無。【一三】「履」，范本作「履」。【一四】「誡」，范本作「戒」。【一五】「施」上，范本有「所」。【一六】「武」，范本作「戒」。【一七】「用」，范本作「目」。

於矢言之道蓋闕庸器之制久淪所以箴銘寡用罕
施後代惟秉文君子宜酌其遠大焉　讚曰銘實器
表箴惟德軌有佩於言無鑒於水秉茲貞厲警乎
立履義典則弘文約爲美

誄碑第十二

周世盛德有銘誄之文大夫之材臨喪能誄誄者累也累
其德行旌之不朽也夏商已前其詳靡聞周雖有誄未
被於士又賤不誄貴幼不誄長其在萬乘則稱天以誄之
讀誄定謚其節文大矣自魯莊戰乘丘始及於士
逮尼父之卒哀公作誄觀其憖遺之辭嗚呼之歎

然矣[一]言之道蓋闕，庸器之制久淪，所以箴銘寘[二]用，罕施後[三]代。唯秉文君子，宜酌其遠大者[四]焉。贊曰：銘實器表[五]，箴唯德軌。有佩于言，無鑒于水。秉茲貞厲，警乎立履[六]。義典則弘，文約爲美。

誄碑弟十二

周世盛德，有銘誄之文。大夫之才[七]，臨喪能誄。誄者，累也，累其德行，旌之不朽也。夏商已前，其詞[八]靡聞。周雖有誄，未被於士。又賤不誄貴，㓜[九]不誄長。其[一〇]在万乘，則稱天以誄之。[一一]讀誄定謚，其節文大矣。自魯莊戰乘丘，始及於士。逯[一二]尼父之[一三]卒，哀公作誄，觀其愸[一四]遺之辭[一五]，烏[一六]呼之歎，

校注

【一】「矣」，范本作「矢」，字同。【二】「寘」，范本作「異」。【三】「後」，范本作「於」。【四】「者」，范本無。【五】「器表」，范本作「表器」。【六】「警乎立履」，范本作「敬言乎履」。【七】「才」，范本作「材」。【八】「詞」，范本作「詳」。【九】「㓜」，范本作「幼」，字同。【一〇】「其」，范本無。【一一】三五七行上框上有小楷「賤」，後人書。【一二】「逯」，范本作「逮」，《集韻·代韻》：「逮，及也。古文作逯。」【一三】「之」，范本無。【一四】「愸」，范本作「慭」，字同。【一五】「辭」，范本作「切」。【一六】「烏」，范本作「嗚」，古通。

雖非睿作古式存焉至柳妻之誄惠子則辭哀而
韻長矣暨于漢世承流而作揚雄之誄元后文實煩
穢沙麓撮要而摯疑成篇安有累德述尊而闊略四
句乎杜篤之誄有譽前代吳誄雖工而他篇頗疏豈
以見稱光武而改盼千金哉傅毅所制文體倫序蘇
順崔瑗辨絜相參觀其序事如傳辭靡律調固誄
之才也潘岳構意專師孝山巧於敘悲易入新切所以隔
代相望能徽厥聲者也至如崔駰誄趙劉陶誄黃並
得憲章工在簡要陳思叨名而體實繁緩文皇誄末百
言而自陳其乖甚矣若夫殷臣誄湯追褒玄鳥之祚

雖非睿[一]作，古式存焉。至柳婁[二]之誄惠子，則辭哀而韻長矣。暨于漢世，承流而作。楊雄之誄元后，文實繁[三]穢，沙鹿[四]撮[五]要，而執[六]疑成篇，安有累德述尊，而闊略四句乎？杜篤之誄，有譽前代。吴誄雖工，而他篇頗踈。豈以見稱光武，而改眄[七]千金哉。傅毅所製，文體倫序。蘊順[八]崔瑗，辯[九]潔[一〇]相參，觀其序事如傳，辭靡律調，固誄之才也。潘岳搆思[一一]，專師孝山，巧於叙悲，易入新切，所以隔代相望，能徽[一二]厥聲者也。至如崔駰誄趙，劉陶誄黄，並得憲章，工在簡要。陳思叨名，而體實繁緩，文皇誄未[一三]，百[一四]言而[一五]自陳，其乖甚矣！若夫殷臣詠[一六]湯，追褒玄鳥之祚；

校注

【一】「睿」，范本作「睿」，二五行有注。【二】「婁」，范本、《太平御覽》、至正本、黄本均作「妻」。【三】「繁」，范本作「煩」。【四】「鹿」，范本作「麓」。【五】「撮」下，范本有「其」。【六】「執」，范本作「摯」。【七】「眄」，范本作「眄」。【八】「蘊順」，范本作「孝山」。【九】「辯」，范本作「辨」，古通。【一〇】「潔」，范本作「絜」，字同。【一一】「思」，范本作「意」。【一二】「徽」，范本作「徵」。【一三】「未」，范本作「末」。【一四】「百」，范本作「旨」。【一五】「而」，范本無。【一六】「詠」，范本作「誄」。

烈

周史歌文上闡后稷之烈誄述祖宗蓋詩人之則也至於序述哀情則觸類而長傅毅之誄北海云白日幽光雰霧杳冥始序致感遂為後式景而效者彌取於切矣詳夫誄之為制蓋選言録行傳體而頌文榮始而哀終論其人也曖乎若可覿述其哀也悽焉如可傷此其旨也　碑者埤也上古帝王紀號封禪樹石埤岳故曰碑也周穆紀跡于弇山之石亦古碑之意也又宗廟有碑樹之兩楹事止麗牲未勒勳績而庸器漸缺故後代用碑以石代金同乎不朽自廟徂墳猶封墓也自後漢已來碑碣雲起才鋒所斷莫高蔡邕觀楊賜之碑

烈

周史哥文，上闡后禝[一]之烈；誄述祖宗，蓋詩人之則也。至[二]於序述哀情，則觸類而長。傅毅之誄北海云：白日幽光，雺霧杳冥，始序致感，遂爲後式。影[三]而効者，弥取於功[四]矣。詳夫誄之爲製，蓋選言録行，傳體而頌文，榮始而哀終。論其人也，曖乎若可覿；述[五]其哀也，悽焉其[六]可傷；此其旨也。碑者，禆[七]也。上古帝王[八]，紀号封禪，樹石禆岳，故曰碑也。周穆紀跡于弇山之石，亦[九]碑之意也。又宗廟有碑，樹之两楹。事止麗牲，未勒勳績。而庸器漸闕，故後代用碑，以石代金，同乎不朽，自廟徂墳，猶封墓也。自後漢已來，碑碣雲起。才鋒所斷，莫高蔡邕。觀楊賜之碑，

校注

【一】「禝」，范本作「稷」，字同。【二】三七〇行上框、下框外，各有一小楷「烈」，後人書。【三】「影」，范本作「景」，古通。【四】「功」，范本作「工」。【五】「述」，范本作「道」。【六】「其」，范本作「如」。【七】「禆」，《太平御覽》作「裨」，至正本、黄本、范本皆作「埤」；《集校》作「裨」，與「禆」同；「埤」「禆」古通。【八】「王」，范本作「皇」。【九】「亦」下，范本有「古」。

骨鯁訓典陳郭二文句無擇言周胡衆碑莫非清允其
敘事也該而要其綴采也雅而澤清詞轉而不窮巧
義出而卓立察其爲才自然而至矣孔融所創有摹
伯喈張陳兩文辯給足采亦其亞也及孫綽爲文志
於碑溫王郗庾辭多枝雜桓彝一篇最爲辯裁矣夫
屬碑之體資乎史才其序則傳其文則銘標序盛德
必見清風之華昭紀鴻懿必見峻偉之而此碑之致也
夫碑實銘器銘實碑文因器立名事先於誄是以勒器
讚勳者入銘之域樹碑述亡者同誄之區焉　讚曰
寫遠追虛碑誄以立銘德慕行光彩允集觀風似面聽

烈

三八〇 骨鯁訓典；陳郭二文，句[一]無擇言；周胡[二]衆碑，莫非清允。其
三八一 叙事也該而要，其綴采也雅而澤。清辭轉而不窮，巧
三八二 義出而卓立。察其爲才，自然而至矣[三]。孔融所創，有摹[四]
三八三 伯喈，張陳兩文，辯給足采，亦其亞也。及孫綽爲文，志在
三八四 扵碑[五]；温王郗[六]庾，辭多枝雜；桓彝一篇，最爲辨裁矣[七]。夫
三八五 屬碑之體，資乎史才。其叙則傳，其文則銘。摽叙盛德，
三八六 必見清風之華；昭紀鴻懿，必見峻偉之烈；此碑之致[八]也。[九]
三八七 夫碑實銘器，銘實碑文，因器立名，事先[一〇]扵誄。是以勒器[一一]
三八八 讚勳者，入銘之域；樹碑述亡[一二]者，同誄之區焉。讚曰：寫
三八九 遠[一三]追虚，碑誄以立。銘德纂[一四]行，光彩[一五]允集。觀風似面[一六]，聽

校注

【一】「句」，范本作「詞」。【二】「胡」，范本作「乎」。【三】「矣」，范本無。【四】「摹」，范本作「慕」。【五】「扵碑」，范本作「碑誄」。【六】「郗」，范本作「郤」。【七】「矣」，范本無。【八】「致」，范本作「制」。【九】三八六行下框下有「烈」，後人書。【一〇】「先」，范本作「光」。【一一】「器」，范本作「石」。【一二】「亡」，范本作「已」。【一三】「遠」，范本作「實」。【一四】「纂」，范本作「慕」。【一五】「光彩」，范本作「文采」。【一六】「面」，范本作「面」，字同。

如泣石墨鐫華頹影豈戢

哀弔第十三

賦憲之謚短折曰哀哀者依也悲實依心故曰哀也以辭遣哀蓋下流之悼故不在黃髮必施夭昏昔三良殉秦百夫莫贖事均夭枉黃鳥賦哀抑亦詩人之哀辭乎暨漢武封禪而霍嬗暴亡帝傷而作詩亦哀辭之類矣降及後漢汝陽王亡崔瑗哀辭始變前式然履突鬼門怪而不　駕龍乘雲仙而不哀又卒章五言頗似歌謠亦髣髴乎漢武也至於蘇順張升並述哀文雖發其情華而未極其心實建安哀辭惟偉長差善行

三九〇 辭如泣。石墨鐫華，頽影豈戢[一]。
三九一 哀弔弟十三
三九二 賦憲之謚，短折曰哀。哀者，依也。悲實依心，故曰哀也。以辭
三九三 遣哀，盖下流[二]之悼，故不在黄髮，必施夭[三]昏。昔三良殉
三九四 秦，百夫莫贖，事均夭枉[四]，黄鳥賦哀，抑亦詩人之哀詞乎！
三九五 曁漢武封禪，而霍嬗[五]暴亡，帝傷而作詩，亦哀辭之類
三九六 矣。降[六]及後漢，汝陽王亡，崔瑗哀辭，始變前式。然腹[七]突[八]
三九七 鬼門，怪而不辭[九]；駕龍乘雲，仙而不哀。又卒章五言，頗
三九八 似哥謡，亦髣髴[一〇]乎漢式[一一]也。至於蘇順[一二]張升，並述哀文，雖
三九九 發其[一三]華，而未極其[一四]心實。建安哀詞，唯偉長差善，行

校注

【一】「戢」同「戢」，范本作「忒」。【二】「下流」，范本作「不淚」。【三】「夭」，形自漢隸，范本作「夭」，字同。【四】「枉」，范本作「横」。

【五】「嬗」，唐本少右上點，俗字；范本作「子侯」。【六】「降」，范本無。【七】「腹」，范本作「履」。【八】「突」下「犬」，唐本作「夭」，

俗字。【九】「辭」，唐本空缺，依《太平御覽》、至正本、范本補。【一〇】「髣髴」，范本作「彷佛」，字同。【一一】「式」，范本作「武」。

【一二】「順」，范本作「慎」。【一三】「其」下，范本有「情」。【一四】「其」，范本無。

20

女一篇時之惻怛及潘岳繼作實鍾其美觀其慮贍辭
變情洞悲苦敘事如傳結言摹詩促節四言鮮有緩句
故能義直而文婉體舊而趣新金鹿澤蘭莫之或繼
原夫哀辭大體情主於痛傷而辭窮乎愛惜幼未成
德故譽止乎察惠弱不勝務故悼加乎膚色隱心而結
文則事愜觀文而屬心則體奢奢體為辭則雖麗不哀
必使情往會悲文來引泣乃其貴耳　弔者至也詩云
神之弔矣言神至也君子令終定謚事極理哀故
賓之慕主以至言至也驕溺乖道而以不弔又宋水
鄭火行人奉辭國災民亡故同弔也及晉築虒臺臺言驚

四〇〇 女一篇，時有惻怛[一]。及潘岳繼作，實鍾[二]其美。觀其慮贍[三]辭
四〇一 變，情洞哀[四]苦，叙事如傳，結言摹詩，促節四言，鮮有緩句，
四〇二 故䏻義直而文婉，體舊而趣新。金鹿澤蘭，莫之或繼[五]。
四〇三 原夫哀辭大體，情主於痛傷，而辭窮乎愛惜。幼未成
四〇四 德，故譽止乎[六]察惠；弱不勝務，故悼加乎膚色。隐心而結
四〇五 文則事愜[七]，觀文而屬心則體夸。夸[八]體爲辭，則雖麗不哀，
四〇六 必使情往會悲，文來引泣，乃其貴耳。弔者，至也。詩云
四〇七 神之弔矣，言神之[九]至也。君子令終定謚，事極理哀，故
四〇八 賔之慰主，以至到爲言也。蹔[一〇]溺乖道，所以不弔[一一]。又宋水
四〇九 鄭火，行人奉辭，国災民亡，故同弔也。及晉築虒[一二]臺，齊襲

校注

【一】「怛」，唐本右上「日」作「口」，避李旦諱。【二】「鍾」，范本作「踵」。【三】「贍」，范本作「善」。【四】「哀」，范本作「悲」。
【五】「繼」下，范本有「也」。【六】「乎」，范本作「於」。【七】「愜」同「愜」，别字，《碑别字新編修訂本》收之。【八】「夸。夸」，范本作
「奢。奢」。【九】「之」，范本無。【一〇】「蹔」，范本作「壓」，字同。【一一】「弔」下，范本有「矣」。【一二】「虒」，黄本、范本皆作「虒」，
《太平御覽》、至正本作「虎」；唐本寫法近古，漢碑簡牘「厂」部每作「广」。

燕城史趙蘇秦翻賀爲弔虐民搆敵亦亡之道凡斯之
例弔之所設也或驕貴以殞身或狷忿而乖道或有志
而無時或行美而兼累追而慰之並名爲弔自賈誼浮
湘發憤弔屈體同而事覈辭清而理哀蓋首出之
作也及相如之弔二世全爲賦體桓譚以爲其言惻愴讀
者歎息及卒章要切斷而能悲也揚雄弔屈思積功寡
意深文略故辭韻沉膇班彪蔡邕並敏於致詰然
影附賈氏難爲並驅耳胡阮之弔夷齊褒而無聞仲宣
所製譏呵實工然則胡阮嘉其清王子傷其隘各其
志也禰衡之弔平子縟麗而輕清陸機之弔魏武

燕城，史趙蘊[二]秦，翻賀爲弔，虐民搆敵，亦亡之道。九斯之

四一一　例，弔之所設也。或驕[二]貴以[三]殞身，或狷忿而[四]乖道。或有志

四一二　而無時，或行美[五]而兼累。追而慰之，並名爲弔。自賈誼浮

四一三　湘，發憤弔屈，然體周[六]而事覈，辭清而理哀，蓋首出之

四一四　作也。及相如之弔二世，全爲賦體，桓譚以爲其言惻愴，讀

四一五　者歎息。及卒[七]章要切，断而能悲也。楊雄吊屈，思積功寡，

四一六　意深反騷[八]，故辭韻沉膇。斑彪蔡邕，並敏於致詰[九]，然

四一七　影附賈氏，難爲並駈耳。胡阮之吊夷齊，褒而無間[一〇]；仲宣

四一八　所製，譏呵實工。然則胡阮嘉其清，王子傷其隘，各其[一一]

四一九　志也。祢衡之弔平子，縟麗而輊[一二]清；陸機之吊魏武，

校注

【一】「蕪」，范本作「蘇」，字同。查此字「艹」下，「魚」「禾」或左或右，始自篆隸；魏碑、唐楷，屢見不鮮，下至明清，兩種寫法並行。《干禄字書》：「蕪蘇上俗下正」，亦可疑也。【二】「驕」，范本作「驕」，字同。【三】「以」，范本作「而」。【四】「而」，范本作「以」。【五】「行美」，范本作「美才」。【六】「然體周」，范本作「體同」。【七】「卒」，范本作「平」。【八】「反騷」，范本作「文略」。【九】「詰」，范本作「語」。【一〇】「間」，范本作「聞」。【一一】「其」，范本無。【一二】「輊」，《太平御覽》、至正本、黄本。《集校》、范本皆作「輕」。查秦公、劉大新《碑別字新編修訂本》，黄征《敦煌俗字典》，「輕」下皆收「輊」，則「輊」在唐代是「輕」之別字、俗字。

序巧而文繁降斯之下未之可稱者矣夫弔雖古義

而華辭未造華過韻緩則化而為賦固宜正義以繩

理昭德而塞違剖析褒貶哀而有正則無奪倫矣

讚曰辭之所表在彼弱弄苗而不秀自古斯慟雖

有通才迷方失控千載可傷寓言以送

雜文第十四

智術之子博雅之人藻溢於辭辭盈乎氣苑囿文情

故日新而殊致宋玉含才頗亦負俗始造對問以申其

志放懷寥廓氣實使之及枚乘摛艷首製七發腴

辭雲構夸麗風駭蓋七竅所發發乎嗜欲始邪末

四〇 序巧而文繁。降斯已[一]下，未有可稱者矣。夫吊雖古義，

四一 而華詞未造；華過韻緩，則化而爲賦。固宜正義以繩[二]

四二 理，昭德而塞違，剖[三]枂[四]褒貶，哀而有正，則無奪倫矣。

四三 讚曰：辭之所哀[五]，在彼弱弄。苗而不秀，自古斯慟。雖有

四四 通才，迷方失[六]控。千載可傷，寓言以送。

四五 雜文弟十四

四六 智術之子，博雅之人，藻溢於詞，辯[七]盈乎氣。苑囿文情，

四七 故日新而[八]殊致。宋玉含才，頗亦負俗，始造對問，以申其

四八 志，放懷寥[九]廓，氣實使文[一〇]。及枚乘摛艶，首製七發，腴

四九 詞雲構，夸麗風駭。盖七竅所發，發乎嗜[一一]欲，始邪末

校注

【一】「已」，范本作「以」。【二】「繩」，俗字，范本作「繩」，字同。【三】「剖」，范本作「割」。【四】「枂」，《太平御覽》、范本皆作「析」，字同；至正本作「枂」。【五】「辭之所哀」，范本作「辭定所表」。【六】「失」，范本作「告」。【七】「辯」，范本作「辭」。【八】「而」，范本無。【九】「寥」，范本作「寥」，字同；其下部「彡」作「小」，始於漢隸，至今仍存。【一〇】「文」，范本作「之」。【一一】「嗜」，范本作「嗜」，字同，注見二八一行；《太平御覽》、至正本皆作「嗜」。

正所以戒膏粱之子也揚雄譚思文闊業深綜述碎
文璅語肇爲連珠々連其辭雖小而明潤矣凡三此文
々章之枝派暇豫之末造也自對問已下後東方朔効而
廣之名爲客難託古慰志疎而有辨揚雄解嘲雜
以諧謔迴環自釋頗亦爲工班固賓戲含懿采之華
崔駰達旨吐典言之式張衡應問密而兼雅崔寔
客譏整而微質蔡邕釋誨體奧而文炳景純客傲
情見而采蔚雖迭相祖述然屬篇之高者也至於陳
思客問辭高而理疎庾敳客諮意榮而文悴斯類

四三〇 正，所以戒膏粱之子也。楊雄淡[一]思文閣，業深綜述，碎
四三一 文璅語，肇爲連珠，珠連[二]其辭，雖小而明潤矣。凡此三[三]文[四]，
四三二 文章之枝泒，暇預[五]之末造也。自對問已[六]後，東方朔効而
四三三 廣之，名爲客難。託古慰志，踈[七]而有辨。楊雄解嘲雜
四三四 以諧調[八]，迴環自釋，頗亦爲工。斑固賔戲，含懿采之華；
四三五 崔駰達旨，吐典言之式[九]。張衡應問[一〇]，密而兼雅；崔寔[一一]
四三六 客譏，整而微質。蔡邕釋誨，體奥而文炳；郭璞[一二]客傲，
四三七 情見而采蔚。雖迭相祖述，然屬篇之高者也。至扵陳
四三八 思客問，辭高而理踈；庾敳客諮[一三]，意榮而文悴。斯類

校注

【一】「淡」，至正本、黄本、范本皆作「覃」，《集校》作（談）「覃」。【二】「珠連」，范本無。【三】「此三」，唐本原作「三此」，字間有倒乙符。【四】「文」，范本作「者」。【五】「預」，范本作「豫」，古通。【六】「已」，范本作「以」；「已」下，唐本原有「下」，被書者點删。【七】「踈」，范本作「疏」，「䟽」「踈」「疏」「踈」，字同。【八】「調」，范本作「謔」。【九】「式」，范本作「裁」。【一〇】「問」，范本作「間」。【一一】「寔」，范本作「實」，字同。【一二】「郭璞」，范本作「景純」。【一三】「庾敳客諮」，范本作「庾敳客咨」；「敳」「敳」字同，「諮」「咨」古通。

亦無所取才矣原夫茲文之設乃發憤而表志身
挫憑乎道勝時屯寄於情泰莫不淵岳其心麟鳳
其采此立本之大要也自七發以下作者繼踵觀枚氏
首唱信獨拔而偉麗矣及傅毅七激會清要之工
崔駰七依入雅博之巧張衡七辯結采綿靡崔瑗七
厲植義純正陳思七啟取美於宏壯仲宣之七釋致辨
於事理自桓麟七說以下左思七諷以上枝附影從十有
餘家或文麗而義睽或理粹而辭駁觀其大抵所
歸莫不高談宮館壯語田獵窮瑰奇之服饌極蠱
媚之聲色甘意搖骨髓艷詞洞魂識雖始之以淫侈

四三九 甚衆，无所取才[一]矣。原夫[二]茲文之設，乃發憤而[三]表志。身
四四〇 挫憑乎道勝，時七[四]寄扵情泰，莫不淵岳其心，麟鳳
四四一 其采，此立體[五]之大要也。自七發已下，作者継踵。觀枚氏
四四二 首唱，信獨拔而偉麗矣。及傅毅七激，會清要之工；
四四三 崔駰七依，入雅博[六]之巧；張衡七辨，結采綿靡；崔瑗七
四四四 厲，指[七]義純正；陳思七啟，取美扵宏壯；仲宣七釋，致辨
四四五 扵事理。自桓麟七說已下，左思七諷已上，枝附影從，十有
四四六 餘家。或文麗而義暌[八]，或理粹而辭駮[九]。觀其大抵所
四四七 歸，莫不高談宮館，壯語田[一〇]獵，窮瑰[一一]奇之服饌，極蠱
四四八 媚之聲色，甘意摇骨髓[一二]，艷詞洞[一三]魂識。雖始之以淫侈，

校注

【一】「才」，范本作「裁」。【二】「夫」，范本無。【三】「而」，范本作「以」。【四】「七」，范本作「乇」，字同；字形見於漢帛漢隸。【五】「體」，范本作「本」。【六】「雅博」，范本作「博雅」。【七】「指」，范本作「植」。【八】「暌」，黄本、范本皆作「睽」，至正本作「暌」，與唐本同。【九】「駮」，范本作「駁」，字同。【一〇】「田」，范本作「畋」，古通。【一一】「瑰」，范本作「瓌」，字同。【一二】「髓」，范本作「體」。【一三】「洞」，范本作「動」。

22

終之以居正然諷一勸百勢不自反子云所謂騁鄭聲
曲終而奏雅者也唯七厲敘賢歸以儒道雖文非拔羣
而意實卓爾矣自連珠以下擬者間出杜篤賈逵之
曹劉珍潘勗之群欲穿明珠多貫魚目可謂壽陵
匍匐非復邯鄲之步里醜捧心不關西施之嚬矣唯士
衡思新文敏而裁章置句廣於舊篇豈慕朱仲四
寸之璫乎夫文小易周思閑可贍足使義明而詞淨事
圓而音澤磊磊自轉可稱珠耳詳夫漢來雜文名號
多品或典誥誓問或覽略篇章或曲操弄引或吟諷
謠詠總括其名並歸雜文之區甄別其義各入討論之

終[一]之以居正，然諷一觀百，勢不自反。子雲所謂駃[二]鄭[三]聲，曲終而奏雅者也。唯七例[四]叙賢，歸以儒道，雖文非拔羣，而意實卓尒矣。自連珠以下，擬者間出。杜篤賈逵之曺，劉珎[五]潘勖之輩，欲穿明珠，多貫魚目。可謂壽陵匍匐，非復邯鄲之步；里醜捧心，不開[六]西施之嚬矣。唯士衡[七]思新[八]文敏，而裁章置句，廣於舊篇，豈慕珠中[九]四寸之璫乎！夫文小易周，思閑可贍，足使義明而詞淨，事圓而音澤，落落[一〇]自轉，可稱珠耳。詳夫漢來雜文，名号多品：或典誥誓問，或覽略篇章，或曲操弄引，或吟諷謡詠。捴括其名，並歸雜文之區；甄別其義，各入詩[一一]論之

校注

【一】「終」上，范本有「而」。【二】「駃」上，范本有「先」。【三】「鄭」下，范本有「衛之」。【四】「例」，范本作「厲」。【五】「珎」，范本作「珍」；《干祿字書》：「珎、珍，上通下正。」【六】「開」，范本作「關」，字同；「關」，漢隸简作「開」，魏碑更簡作「開」。【七】「衡」下，范本有「運」。【八】「新」上，范本有「理」。【九】「珠中」，范本作「朱仲」；《集校》：「作『朱仲』是。」【一〇】「落落」，范本作「磊磊」。【一一】「詩」，至正本、黃本、范本皆作「討」；《集校》：「詩乃討之形誤。」

域類乖之要，故不曲述也。讚曰：偉矣前脩，學堅才飽。負
文餘力，飛靡弄巧。枝辭攢映，彗若參昴。慕顰之徒，
心焉祇攪。

諧讔第十五

域。類聚有貫，故不曲述也[一]。讚曰：偉矣前脩，學堅才[二]飽。負文餘力，飛靡弄巧。枝辭攢[三]映，彗[四]若參昴。慕嚬之徒[五]，心焉秖攪[六]。

諧讔[七]第十五

校注

【一】「也」，范本無。【二】「才」，范本作「多」；其注：「多」，唐寫本作「才」，是。【三】「攢」，范本作「攢」，字同。【四】「彗」，至正本、黃本、范本皆作「嘒」。【五】「徒」，至正本、黃本、范本皆作「心」。【六】「心焉秖攪」，至正本作「於焉祇攪」。「秖」，黃本作「祇」，范本同；《詩·小雅·何人斯》「祇攪我心」，高亨注：「祇，只也。」查字書「衹」「祇」「秖」秖」每見互用；「秖」右上加點，見於魏碑，「祇」右上加點，見於漢隸。【七】「讔」，至正本作「讔」，黃本、范本作「隱」。

唐敦煌寫本《文心雕龍》綜述

一、敦煌本《文心雕龍》寫本信息

唐敦煌寫本《文心雕龍》殘卷公元一九〇〇年（光緒二十六年）出土於敦煌莫高窟第十七窟（俗稱藏經洞），一九〇七年（光緒三十三年）被英籍匈牙利裔探險家、考古學家斯坦因（Stein）攜至英國，現藏英國國家圖書館。較早研究該寫本的中國學者趙萬里在一九二六年撰寫的一篇校記中，叙述了寫本殘卷的基本情況如下：「敦煌所出唐人草書文心雕龍殘卷，今藏英倫博物館之東方圖書室。起徵聖篇，迄雜文篇，原道篇存讚曰末十三字，諧讔篇僅見篇題，餘均亡佚。每頁二十行至二十二行不等。」〔一〕

上海社會科學院研究員林其錟二十世紀九十年代末著文描述：「原本蝴蝶裝册頁，共二十二葉，四界，烏絲欄，每半葉十行或十一行，每行二十至二十三字不等。起《原道》第一『贊』的第五句『體』字，迄《諧讔》第十五篇題。計存：《徵聖》、《宗經》、《正緯》、《辨騷》、《明詩》、《樂府》、《詮賦》、《頌讚》、《祝盟》、《銘箴》、《誄碑》、《哀弔》、《雜文》十三整篇，《原道》第一『贊』末十三字，《諧讔》第十五篇題五字。《明詩》第六前題『卷第二』，《銘箴》第十一前題『卷第三』，五篇合爲一卷，表明此書爲十卷本，正合

〔一〕趙萬里：《唐寫本文心雕龍殘卷校記》，《清華學報》一九二六年第三卷第一期。載王重民《敦煌古籍叙録》，中華書局，一九七九，第三八三頁。

《隋書・經籍志》著録。」〔一〕

上海師範大學教授方廣錩在親自寓目過原件後，於二〇一六年撰文考證唐敦煌寫本《文心雕龍》殘卷爲「現存最早的粘葉裝書籍」，而非林其錟先生所言之「蝴蝶裝」。此文第一部分以更爲科學的方式描述了敦煌寫本的版本面貌和存藏現狀：

該號（斯05478號——編者注）爲斯坦因敦煌探險所得，現存英國圖書館(The British Library)，編號爲Or.8210/s.5478。翟林奈《英國博物館藏敦煌漢文寫本注記目録》將該號另編爲7283号，著録文字爲：「[*文心雕龍*]梁代（六世纪）劉勰著。第一（僅存末尾）至第十五（僅標題）。工整行書。紙張淡黄色，光滑，部分褪色。22葉小册子。17×12厘米。」

筆者（方廣錩——编者注）曾在英國圖書館考察該寫本，情況如下：

斯05478號，小册子，118×16.8厘米。首残尾残。由12紙依次粘接而成，12紙總长259.6厘米。所用紙張爲打紙，厚薄均匀，厚度約0.1毫米。無簾紋。其製作方法爲：將一張長約23.6厘米，高約16.8厘米的紙張對折，这樣每紙成爲兩葉，呈現A、B、C、D等四個半葉。A、D兩個半葉向外，B、C兩個半

〔一〕林其錟：《〈文心雕龍〉唐宋元版本價值略説》，《文獻》一九九二年第二期。

葉向内。然後在每張紙的A、D折痕處抹上漿糊，與下一張用同樣方法折疊的紙粘接起来。这樣逐紙折疊、粘接，最終成爲一册。現斯05478號首紙的A、B兩個半葉殘缺，末紙的C、D兩個半葉殘缺，故現存12紙共計22葉44個半葉。

該號有墨欄。中縫無書口。粘接面，每半葉抄寫10行；不粘接面，每半葉抄寫11行。共存462行，行21字左右。上邊1.2厘米，下邊1.2厘米，左邊1.2厘米，右邊1.2厘米。行寬0.95厘米。製作規整，抄寫規整。現紙面有水漬。〔一〕

綜上所述，該唐人行草書抄本《文心雕龍》殘卷，計四百六十二行，存第一篇末尾十三個字，第二篇至第十四篇全，第十五篇存題目「諧讔第十五」五個字。唐寫本《文心雕龍》殘卷雖僅存九千一百四十餘字，約占全書四分之一强，却是目前已發現的《文心雕龍》一書最古之版本，與宋元以降的主流刻本系統大異其趣。該唐寫本殘卷，以行草書寫成，其可貴之處不僅在於它是現存《文心雕龍》中最早的版本，更重要的是經學者們和通行本相較發現存在大量異文，不僅爲「龍學」研究提供了新材料，更是爲「龍學」研究開拓新境界奠定了文本基礎。

〔一〕方廣錩：《現存最早的粘葉裝書籍——敦煌遺書斯05478號〈文心雕龍〉裝幀研究》，《文獻》二〇一六年第三期。

二、敦煌寫本《文心雕龍》研究回顧

從上世紀二十年代開始，中外學者就對這件稀世珍品進行了連續不斷的研究。

（一）鈴木虎雄。最早對斯〇五四七八號殘卷進行研究的是日本漢學家鈴木虎雄。他根據内藤湖南拍攝的殘卷照片，撰寫了《敦煌本〈文心雕龍〉校勘記》（載《内藤博士還曆祝賀支那學論叢》，弘文堂，一九二六）。他認爲該寫本的最爲可貴之處，不僅在於它是現存《文心雕龍》中最古老的版本，更重要的是和當時的通行本相較存在大量異文。全文共分三部分：第一部分「校勘記前言」，簡要説明殘卷的基本情况和自己的校勘原則；第二部分「敦煌本《文心雕龍》原文」，對殘卷内容加以辨識寫定；第三部分「敦煌本《文心雕龍》校勘記」，則將殘卷與宋人編纂《太平御覽》時所引《文心雕龍》片段以及清人黄叔琳《文心雕龍輯注》加以比對，逐一臚列其異同。他在數年後又撰寫了《黄叔琳本〈文心雕龍〉校勘記》（載一九二八年《支那學研究》第一卷，中譯本載范文瀾《文心雕龍注》，人民文學出版社，一九五八）。

（二）趙萬里。發表了《唐寫本文心雕龍殘卷校記》（載一九二六年《清華學報》第三卷第一期），與日本漢學家鈴木虎雄文章先後發表，爲國内研究敦煌寫本《文心雕龍》第一人。

（三）斯波六郎（鈴木虎雄的弟子）。在一九五三年至一九五八年期間陸續發表《〈文心雕龍〉劄記》（載

《支那學研究》第十、十三、十五、十九卷，中譯本載王元化編選《日本研究〈文心雕龍〉論文集》，齊魯書社，一九八三），引録過他的老師的不少意見，並加以引申闡發。

（四）户田浩曉。專注於《文心雕龍》研究，在一九五八年徵得大英博物館的同意，獲取到一份新的縮微膠片，經過仔細比勘覆核，撰有《作爲校勘資料的〈文心雕龍〉敦煌本》（載《立正大學教養部紀要》第二號（一九六八），中譯本收入《文心雕龍研究》，曹旭譯，上海古籍出版社，一九九二），就直言不諱地指出鈴木的工作「『校』詳而『勘』疏」，只是列異同，並未定是非，而且『校勘記中未曾言及的地方還很多』，需要再做全面的考察。

（五）楊明照。《文心雕龍校注》（古典文獻出版社，一九五八）。

（六）饒宗頤。他也注意到了這份唐寫本《文心雕龍》。在《敦煌寫卷之書法》（載《東方文化》一九五九年第五卷第一期，收入《書學叢論》，《饒宗頤二十世紀學術文集》第十三卷《藝術》，新文豐出版公司，二〇〇三）一文中，他扼要評述過殘卷的書寫特點，認爲「雖無鈎鎖連環之奇，而有風行雨散之致，可與日本皇室所藏相傳爲賀知章草書《孝經》相媲美」。

（七）潘重規。整理出版《唐寫本〈文心雕龍〉殘本合校》（新亞研究所，一九七〇），提供了一個全新的匯校本，而且還將自己早年訪書英倫時拍攝的「中無脱漏」的殘卷照片「複印附後，俾讀者得自檢核，而知有所别擇也」，唐寫本《文心雕龍》殘卷至此才得以完整示人。

（八）陳新雄、于大成。主編的《文心雕龍論文集》（文光出版社，一九七五）又轉載了潘氏的合校本，儘管並未同時附上殘卷照片，却也爲有興趣的讀者提供了重要綫索。

（九）王利器。《文心雕龍校證》（上海古籍出版社，一九八〇）。

（十）王元化。撰寫《〈敦煌遺書文心雕龍殘卷集校〉序》，載林其錟、陳鳳金《敦煌遺書文心雕龍殘卷集校》（上海書店出版社，一九九一）。

（十一）林其錟、陳鳳金。《敦煌遺書文心雕龍殘卷集校》（上海書店出版社，一九九一）、《增訂〈文心雕龍〉集校合編》（華東師範大學出版社，二〇一一），不僅校勘内容更爲細密精審，所附圖版資料也經過修復處理，較諸饒宗頤、潘重規先前公佈的照片更爲清晰。

三、《文心雕龍》的作者、時代及價值意義

《文心雕龍》是南朝齊梁時期文學批評家劉勰（約四六七至五二二）[一]撰著的一部文學批評理論

[一] 劉勰生卒年月，史書無明確記載，衆説不一。此爲牟世金考證之結論，從其説。牟世金：《劉勰生平新考》，《山東大學學報》（哲學社會科學版）一九八七年第一期（復刊號）。

專著。《梁書·劉勰傳》：「劉勰字彦和，東莞莒人。」[一]莒，漢代置縣，今山東省東南部莒縣。永嘉之亂（三一一）後，西晉士庶南遷定都建康（今南京），建立東晉。劉勰祖輩也於此時遷居南方，從此世居京口（今鎮江）。

劉勰於南齊建武五年（四九八）三十二歲時開始撰寫《文心雕龍》，成書於南朝齊中興二年（五〇二）[二]。該書最早著録於《隋書·經籍志》：「文心雕龍十卷，梁兼東宫通事舍人劉勰撰。」[三]全書共十卷，五十篇，三萬七千餘言。清代文史大家章學誠在其所著《文史通義·詩話》中評價該書爲「體大慮周」「籠罩群言」之作[四]。《文心雕龍》作爲六朝以前文學評論的全面總結之作，是魏晉「文學自覺時代」以來中國古代第一部系統的文學理論著作，在中國歷代詩文理論著作中有着巨大而深遠的影響，是研治中國文學史必讀的經典文本。歷代均有衆多研究成果。而敦煌本的問世，對《文心雕龍》研究起到一定的推動作用。

〔一〕（唐）姚思廉撰《梁書》卷五十，中華書局，一九七三，第七一〇頁。
〔二〕牟世金：《劉勰生平新考》，《山東大學學報》（哲學社會科學版）一九八七年第一期（復刊號）。
〔三〕（唐）魏徵等撰《隋書》卷三十五，中華書局，一九七三，第一〇八二頁。
〔四〕（清）章學誠著，葉瑛校注《文史通義校注》卷五，中華書局，一九八三，第五五九頁。

四、敦煌本《文心雕龍》抄録時間

關於唐敦煌本《文心雕龍》殘卷的抄録時間，學界一直存在爭議，莫衷一是，現將學界主要觀點，簡述如下。

（一）較早研究敦煌寫本《文心雕龍》殘卷的日本學者鈴木虎雄：「敦煌莫高窟出土本。蓋係唐末抄本。」〔一〕

（二）幾乎是與鈴木同時研究敦煌本《文心雕龍》的趙萬里認爲：「卷中淵字、世字、民字均闕筆，筆勢遒勁，蓋出中唐學士大夫所書，西陲所出古卷軸，未能或之先也。」〔二〕

（三）姜亮夫則依據趙萬里之説，主張該《文心雕龍》寫本或爲唐大中七年（八五三）所寫。結論精確到了具體的年份。〔三〕

〔一〕〔日〕鈴木虎雄：《黄叔琳本〈文心雕龍〉校勘記》，載（梁）劉勰著，范文瀾注《文心雕龍注》卷首，人民文學出版社，一九五八，第八頁。

〔二〕趙萬里：《唐寫本〈文心雕龍〉殘卷校記》，《清華學報》一九五八年第三卷第一期。載王重民《敦煌古籍叙録》，中華書局，一九七九，第三八三頁。

〔三〕姜亮夫：《莫高窟年表》，上海古籍出版社，一九八五，第三九五頁。

（四）楊明照認爲：「卷中『淵』字、『世』字、『民』字均闕筆。『民』字亦有改作『人』字者。由《銘箴》篇『張昶』誤爲『張旭』推之，當出玄宗以後人手。照字却不避。」〔一〕

（五）至二十世紀九十年代，林其錟、陳鳳金出版專著《敦煌遺書文心雕龍殘卷集校》，在該書前言有更爲詳贍的考證之文，認爲：

今察此卷，「淵」、「世」、「民」皆缺避，而「忠」（唐高宗太子諱忠）、「弘」（高宗太子諱弘）、「照」（武后諱曌）、「顯」（中宗諱顯）、「豫」（代宗諱豫），均不避。《頌讚第九》有「仲治流别」，「治」唐本作「治」。楊明照校云：「治」乃「治」之誤。可見，高宗李治諱，亦不改避。「旦」（睿宗諱旦）作「口一（上口下一）」，史諱有改作「明」而無作「口一（上口下一）」之例。從以上事實推斷，此卷書寫時間至遲當不晚於開、天之世，有很大可能殆出初唐人手。因此，姜氏、鈴木氏之斷，恐未的確。〔二〕

（六）張涌泉則針對林、陳二位學者伉儷的考證結論，繼續沿史諱一例考證，認爲：尤以睿宗朝抄寫的

〔一〕楊明照：《〈文心雕龍〉版本經眼録》，載王元化主編《學術集林》第十一卷，上海遠東出版社，一九九七，第二〇六頁。

〔二〕（梁）劉勰著，林其錟、陳鳳金集校《敦煌遺書文心雕龍殘卷集校》，上海書店出版社，一九九一，第二頁。

可能性爲大。〔一〕

綜合上述諸種結論而言，有日本學者鈴木虎雄的唐末説，趙萬里先生的中唐説，姜亮夫先生的「唐大中七年（八五三）」説，楊明照先生的「（唐）玄宗以後人（書）」説，林其錟、陳鳳金先生的開、天之世或初唐説，以及張涌泉先生的「（唐）睿宗朝抄」説之結論。

仔細考察本寫本，不難發現，「淵」（唐高祖）、「世」「民」（唐太宗）、「旦」（唐睿宗），皆缺筆避諱，且「旦」字之避諱，還牽扯到「但」「怛」「暨」「涅」「量」「嬗」等相關之字。而「顯」「哲」（唐中宗）、「隆」（唐玄宗）、「豫」（唐代宗）、「誦」（唐順宗）、「純」（唐憲宗）、「恒」（唐穆宗），皆不避諱。因此，依諱字推斷，敦煌唐寫本《文心雕龍》當書於李旦爲帝之時。李旦一生兩次爲帝，後當太上皇，禪位於太子李隆基。李旦第一次爲帝在六八四年至六九〇年，第二次爲帝在七一〇年至七一二年，兩次共八年。如無別故，唐本《文心雕龍》當書於此八年中。

綜上，我們在中外學者的考證結論的基礎上，基本可以確定敦煌唐寫本《文心雕龍》殘卷的抄録時間，當爲六八四年至六九〇年，或七一〇年至七一二年之間。以下限七一二年而言，其時距劉勰去世一百九十年；以上限六八四年而言，僅一百六十二年。依此推斷，抄寫者所據底本應是隋代或唐初之書，甚至可能是來自南朝

〔一〕張涌泉：《敦煌本〈文心雕龍〉抄寫時間辨考》，《文學遺産》一九九七年第一期。

的寫卷。

這裏需要説明的是：爲何不避中宗李顯（後更名爲哲）之諱？余以爲李旦第一次爲帝，在武則天廢掉李顯之年，對於廢帝，當然不用避諱。李旦第二次爲帝是中宗李顯被韋后毒死後，韋后欲效法武則天當女皇，李隆基起兵殺韋后及安樂公主，屍韋后於市，誅韋氏繦褓兒無免者。相王李旦登基，廢少帝重茂複爲温王。如此一來，在李旦、李隆基眼裏，李顯一支乃是仇家，何避諱之有。

李隆基在位期間，顔真卿《東方朔畫贊碑》不避「顯」字。顔真卿《臧懷恪碑》《干禄字書》，史維則《大智禪師碑》，李邕《麓山寺碑》皆不避諱「哲」字，可與唐寫本相互印證。或以唐寫本將「張昶」誤爲「張旭」，而定唐本當出玄宗以後人手，余以爲當以避諱字定時限。此外據劉詩著《中國古代書法家》載：「張旭生於唐高宗顯慶三年（六五八），殁於唐玄宗天寶六年（七四七），享年九十。」[一] 唐玄宗七一二年登基時，張旭已是五十五歲之老臣，焉能只將張旭算是玄宗時人。

另外，唐寫本不避武則天之「照」字：顔真卿《多寶塔碑》《郭家廟碑》，李邕《李思訓碑》，徐浩《不空和尚碑》之「照」均不缺筆，可證當時官方碑版不避諱「照」字。鑒於「隆、豫、誦、純、恒」皆不闕筆避諱，則唐寫本書於中晚唐之説是不能成立的。

[一] 劉詩：《中國古代書法家》，文物出版社，二〇〇三，第一三一頁。

五、唐敦煌寫本《文心雕龍》殘卷的版本與校勘價值

據前文考證和推斷的時間下限，如唐寫本《文心雕龍》殘卷或抄録於唐睿宗第二次執政時期（七一〇至七一二），那麼唐敦煌寫本的發現使《文心雕龍》實物版本史往前至少推進了兩百多年的時間。而在此前，成書於北宋太平興國八年（九八三）的大型類書《太平御覽》所引《文心雕龍》部分經過輯佚所得，是該書在中國古代版本系統中我們迄今所能見到的最古之版本。因距《文心雕龍》成書時間（約五〇二）愈近，其在傳播過程中所發生的訛脱衍倒等錯誤就愈少，就愈接近該書的最原始的面貌，其學術價值也就愈大。

據林其錟先生研究和統計，《文心雕龍》清代以前的版本有九十八種，其中寫本十五種，單刻本四十種，叢書本十三種，校本二十七種，注本三種[一]。就中國圖書發展史而言，唐代是雕版印刷術興盛和普及之前典型的寫本時代，而唐敦煌寫本《文心雕龍》是典型的寫本時代的産物，也可以説是寫本時代該書唯一的版本。余以所見范文瀾注《文心雕龍注》，林其錟、陳鳳金集校《敦煌遺書文心雕龍殘卷集校》所載，知唐寫本之後，有以下一些重要傳本，兹列如左：

（一）八三五年，日本文鏡秘府論所引本。

[一] 林其錟：《文心雕龍主要版本源流考略》，載《〈文心雕龍〉研究》第三輯，北京大學出版社，一九九五，第二六八頁。

（二）九八三年，北宋刻《太平御覽》節録本。
（三）一三五五年，元至正乙未本。
（四）一四〇七年，明《永樂大典》所引本。
（五）一五〇四年，明弘治本。
（六）一五三一年，明嘉靖本。

由於版本文字異同，許多大家傾心考證。如明代楊升庵、清代黄叔琳等，惜皆未見唐寫本，因此所言難免不周。而在唐寫本被發現之前，宋刻本《太平御覽》徵引《文心雕龍》的各篇文字（共計四十三則，九千八百六十八字，約占原書全部文字的四分之一强）是我們所能見到的『龍』書的最早文字，而元代至正本《文心雕龍》則爲現存最早的完整刻本。唐寫本《文心雕龍》殘卷可與宋本《太平御覽》引《文心雕龍》文字相互補充，並和元至正本《文心雕龍》成爲「龍」學版本系統中寫本系統和刻本系統最早、最重要的兩個版本，是《文心雕龍》版本系統中最重要的一塊拼圖。

因其近古，所以可貴。唐敦煌寫本《文心雕龍》自十九世紀末被發現、披露和傳播以來，最令學界興奮的就是該寫本殘卷的版本校勘價值。趙萬里認爲：「據以移校嘉靖本，其勝處殆不可勝數。又與《太平御覽》所引，及黄注本所改輒合；而黄本妄訂臆改之處，亦得據以取正。彦和一書，傳誦與人世者殆遍，然未有如此卷之完善者也。」日本漢學家户田浩曉不僅稱此本「是現存《文心雕龍》中最古老的貴重文獻」，而且還從校勘角度歸納「敦煌殘卷有六善：一曰可糾形似之訛，二曰可改音近之誤，三曰可正諸序之倒錯，四曰可補脱文，五曰可去衍文，六曰可訂正記事内容」，充分肯定了唐敦煌寫本在校定《文心雕龍》原文方面所具有的資料價值」。〔一〕

唐寫本殘卷存九千一百四十餘字，占全書百分之二十五左右，可據以校正後世傳本文字之誤者達四百七十字以上，林其錟認爲：「其中不少長期文意晦澀難解者，乃因此卷之出得以冰釋。」〔二〕伏俊璉先生大作《敦煌文心雕龍寫本簡説》言簡意賅，精當扼要，從文獻校勘學的角度足證唐寫本之重要。經伏先生慨允，引之如下：

自唐寫本發現以來，鈴木虎雄、趙萬里、范文瀾、劉永濟、户田浩曉、楊明照、潘重規、饒宗頤、王利器、郭師晉稀及林其錟、陳鳳金等先生做過精細的校勘研究，使當代《文心雕龍》校勘成果超越了前人。這一切，皆緣於敦煌本的發現。我們舉若干例證進行説明。

〔一〕〔日〕户田浩曉：《作爲校勘資料的文心雕龍敦煌本》，載王元化選編《日本研究〈文心雕龍〉論文集》，齊魯書社，一九八三，第一一四頁。

〔二〕林其錟：《〈文心雕龍〉唐宋元版本價值略説》，《文獻》一九九二年第二期。

1.元至正本《徵聖篇》：「是以政論文，必徵於聖，必宗於經。」明代學者楊慎評點認爲有脱落，補作：「是以子政論文，必徵於聖；稚圭勸學，必宗於經。」范文瀾、劉永濟、王利器、户田浩曉、郭晉稀先生都認爲楊慎補作非是，唐寫本是。

2.元至正本《徵聖篇》：「雖欲此言聖，弗可得已。」黄叔琳《輯注》據馮舒、何焯説改「此言」爲「訾」。唐寫本正作「訾」，證明諸家所改是矣。

3.元至正本《宗經篇》：「故子夏歎《書》昭昭若日月之明，離離如星辰之行。」唐寫本在「明」「行」前分别有「代」「錯」二字。范文瀾、楊明照、郭晉稀先生都認爲此句出《尚書大傳》，有「代」「錯」二字是。郭先生的譯文爲：「《尚書》明白得像輪流照耀的太陽和月亮，清晰得像交錯運行的星辰。」

4.元至正本《辯騷篇》：「豐隆求宓妃，鴆鳥媒娀女。」唐寫本作「駕豐隆，求宓妃；憑鴆鳥，媒娀女。」多「駕」「憑」兩個動詞，使上下文更爲連貫有力。趙萬里、劉永濟、楊明照、郭晉稀等先生都認爲應當從唐寫本補上這兩個字。

5.元至正本《辯騷篇》：「《招魂》《招隱》，耀豔而深華。」黄叔琳説：「馮云：《招隱》，《楚辭》本作《大招》。下云屈宋莫追，疑《大招》爲是。」黄侃《劄記》也持相同意見。唐寫本正作「大招」。可見馮允中的理校，至唐寫本出，始有版本證據。「深華」一詞也不好理解，唐寫本作「采華」，文采華豔的意思，則至正本作「深華」非是。

6.元至正本《明詩篇》：「至於張衡《怨篇》，清曲可味。」黄叔琳謂應從王應麟《困學紀聞》改「曲」爲「典」，對此諸家頗多爭議。唐寫本作「清典可味」，可以説一錘定音。

7.黄叔琳《輯注》本《樂府篇》：「故陳思稱李延年，閑於增損古辭。」李延年爲西漢武帝時人，三國魏曹植何以「稱」之？唐寫本作「左延年」，令人涣然冰釋。左延年，建安時人，見《三國志·杜夔傳》。

8.元至正本《詮賦篇》：「然賦也者，受命於詩人，招字於楚辭也。」明徐興公據《太平御覽》《玉海》將「招字」校爲「拓宇」，然黄叔琳諸人仍表示懷疑。唐寫本作：「然則賦也者，受命於詩人，拓宇於楚詞也。」現代學者趙萬里、范文瀾、楊明照、郭晉稀先生皆認爲應據唐寫本作「拓宇」；拓宇，謂拓展境界。

9.元至正本《詮賦篇》：「亂以理篇，迭致文契。」後一句，唐寫本作「寫送文勢」。現在諸家皆謂唐寫本是，范文瀾、楊明照、王利器、户田浩曉諸先生還對「寫送」的意義進行了考察，雖理解有不同，但唐寫本「寫送文勢」四字顯示了《文心雕龍》的本來面目，是值得珍視的文字。

10.元至正本《銘箴篇》：「仲尼革容於敧器，則先聖鑒戒。」後一句唐寫本作「列聖鑒戒」。《太平御覽》卷五九〇也引作「列聖鑒戒」。按，「列聖」爲六朝成語。《文心雕龍·封禪篇》「騰休明於列聖之上」，以「列聖」連文。《宋書·孝武帝紀》「列聖遺式」，又《謝莊傳》「示列聖之恒訓」，《南齊書·海陵王紀》「列聖繼軌」，《文選·左思〈魏都賦〉》「列聖之遺塵」等，並作「列聖」。故趙萬里、楊明照皆謂作

「列聖」是。

11.黄叔琳本《哀悼篇》：「漢武封禪，而子侯暴亡，帝傷而作詩。」「子侯」，唐寫本作「霍嬗」。這兩個字元至正本空缺，《太平御覽》引作「霍嬗」，明清學者或校爲「霍侯」，或校爲「霍光」。范文瀾注引《史記·封禪書》及《漢書·霍去病傳》考定當作「霍嬗」爲是。而唐寫本出，使人明白只有作「霍嬗」才是。霍嬗是霍去病的兒子，曾隨武帝泰山封禪，暴亡。武帝曾作《傷霍嬗詩》。

12.元至正本《雜文篇》：「甘意摇骨體，艷詞動魂識。」唐寫本「骨體」作「骨髓」。楊慎批點《太平御覽》，認爲當校作「骨髓」。清代學者或以當作「骨體」。唐寫本出，更證明楊慎所校是對的。

林其錟、陳鳳金《敦煌遺書文心雕龍殘卷集校·前言》説：「此本雖然僅存全書的百分之二十六强，但就諸家比較一致認爲可據以校正今本文字者，已有四百七十餘字之多。」上文所舉只是很少數的犖犖大者，但從校勘的角度説，唐寫本的價值已足以使人驚歎。如果没有唐寫本的重大發現，今人閱讀《文心雕龍》時，有的疑惑可能永遠不能很好的解决；有的雖講得頭頭是道，但却存在着郢书燕説的誤解。〔一〕

〔一〕伏俊璉：《敦煌文學總論》，甘肅教育出版社，二〇一三，第一一八至一二五頁。

六、唐敦煌寫本《文心雕龍》殘卷書體及書藝淺議

（一）唐寫本書體問題

關於唐寫本書體問題，大英博物館對唐敦煌寫本《文心雕龍》殘卷的説明爲：「係用整齊的行書字體繕寫在光滑的革紙上的抄本。」[一] 林其錟、陳鳳金集校《敦煌遺書文心雕龍殘卷集校》前言談道：「其書體潘重規認爲是章草，倫敦大英博物館説明作行書，我們求教於王蘧常先生，他以爲當是行書。」[二] 鄭汝中先生撰文道：「此卷通篇爲草書、行書合參之書體，有的學者認爲是章草作品，有的認爲是行書，筆者認爲應當是行草書。」[三]

遍觀此卷，行書、今草相間，基本上見不到完整的章草寫法。與章草名帖《平復帖》《急就章》《月儀帖》《出師頌》的字形相校，可一目了然，此卷决非章草書。大英博物館之説明作行書，或不甚瞭解中國草書，或未作行草字量化統計，而作出的目測之言，只對了一半。余編《文字編》收單字頭一千七百零七字，

〔一〕〔日〕户田浩曉：《作爲校勘資料的文心雕龍敦煌本》，載《日本研究〈文心雕龍〉論文集》，齊魯書社，一九八三，第一一四頁。

〔二〕（梁）劉勰著，林其錟、陳鳳金集校《敦煌遺書文心雕龍殘卷集校》，上海書店出版社，一九九一，第一頁。

〔三〕鄭汝中：《敦煌寫卷行草書法集》，甘肅人民美術出版社，二〇〇〇。

其中有草書寫法之字九百四十五個，占二分之一强，依資料而言，愚以爲鄭汝中先生斷其爲行草書是正確的。

（二）唐寫本書藝淺議

對於此卷書藝風格，鄭汝中先生有精闢論述：「因其書體，不同於其他行草，它確具有章草之隸法筆意，但無提頓分張之勢。用筆簡煉、流暢、圓潤，合乎草書法度，但又夾雜大量行體寫法。結字規範，瘦長勁利，筋骨俊爽，有獨特的體系，瀟灑自如，字與字並不連帶，而每字之中盤曲映帶，點畫奇崛，極具姿態。誠爲草書中特精之佳作，它與其他今草、章草的寫法均不相同，獨具一格。」〔一〕現在鄭先生宏論之基礎上，結合具體例字，進行如下歸納、概括和補充。

其一，楷書功底扎實。

此卷總稱行草書，然其中許多字與楷無異，如第二九行與一九〇行「三」字之三横用筆各不相同，儼如「上潛鋒平勒、中背筆仰策，下緊趯複收」之式。第一一四行「卜」之點如墜石之態。第一行「效」、第二四行「勿」、第九〇行「人」、第三三五行「采」之結字，直爲歐褚精楷。第四二二行「剖」之竪鈎，第四六一行「心」之矮鈎，外方内圓，美而雄强，有魏碑之氣。第二〇三行「亟」下之横用點法，顯然來自北魏書風，精能之致。凡卷中行楷之字，其轉折皆具楷法規矩，透露出書寫者扎實的楷書功底。

〔一〕鄭汝中：《敦煌寫卷行草書法集》，甘肅人民美術出版社，二〇〇〇。

其二，行書瀟灑流麗。

此卷行草結字基本上是縱向取勢，結字挺拔瀟灑，第二八三行「荷」上兩點顧盼生姿，第四三〇行「業」下兩點又變化多姿。第三二八行「勒」與第三九八行「升」，連筆而書，自然連貫，流暢不滯。第一三〇行「人」用正反捺、第三七〇行「人」用反捺、第四五八行「之」一筆書出，顯有《蘭亭序》之風味。就結字而言，第五九行「稽」、第二七九行「天」似從《蘭亭序》移來；第二五二行「高」、第四四五行「影」幾與《聖教序》之寫法相合；第二八七行「穆」與王羲之《日月如馳帖》寫法極似；第三八二行「創」之刀旁與《蒸濕帖》「克」之刀旁如出一轍。如此衆多之處與王家書風相合，説明書者的行書絶非自造，而是淵源有自。如此小字，行筆流暢自然，方圓兼用，經得住推敲，的是佳物。

其三，今草嫺熟别致。

余對唐寫本今草最感興趣，以其字形不但一如行書嫺熟精練，而且傳承分明，許多字形看似難辨，然細尋古帖又往往可以互相印對。如二八四行「罪」、四八行「非」、七八行「靡」，右邊高鈎上皆書三小撇，初覺怪異，待查唐張旭《肚痛帖》之「非」即是如此。《肚痛帖》之「非」在《草字編》中乃是孤例，昔雖熟知，然不敢用。又唐本有五個草書「劉」字，其左似行書「兀」字，右爲連筆竪刀旁，《草字編》只在《匯辨》内收有一例字作此形，此形出於《閣帖》卷三劉穆之《推遷帖》，昔亦作孤例而不敢用於創作，今後則可放心使用了。

若將目光向唐以後推移，可見宋米芾《中秋登海岱樓詩墨蹟》之「窮」字，與唐本之「窮」字，如出一手，由此可見傳承。又明張瑞圖《王維詩墨蹟》之「窮」字，與唐本頗爲神似，直令人懷疑張瑞圖臨過唐本。

此外，唐本中許多草書字形與傳統草書字形不一，可稱别致。如「存」「孝」二字，五個「孝」上下結構作「七子」，「七」之尾無牽絲；七個「存」亦是上下結構作「七子」，唯「七」之尾作鈎横，與下部「子」相牽連。又如「樂」，在傳統草書「樂」上多一點。又如「輩」，其上「非」作横三點。如此草書構形，余查《草字編》與〔日〕《書法大字典》，均無此種寫法，然可以理解、可以識認。如此字形尚多，如「在、征、審、察、曰、有、然、華、鄭、虞、鹿、麗」等字，余皆一一注之，庶可於學術上給讀者以涓埃之助。

唐初去章草時代不遠，想當時好事者多能見前人之遺跡，是以筆下每有古之遺風，如「極、流、物、馬」，皆有章草遺韻，頗爲可愛。又如「飾、飽、餘」之「食」旁，與《出師頌》「餞」之「食」旁均似行書之「令」。《草字編》只有《出師頌》一例，今則有十餘例如此，可證《出師頌》之「餞」爲隋唐時寫法無疑。

由於書者有堅實的楷書基礎，故其字除上述所言優點外，余以爲總體觀之：落筆堅決準確，行筆勁迅而不逾矩，轉折頓挫有力而不笨拙，結字穩定精到。其撇畫如刀鋒勁挺鋭利，使轉如鋼筋盤曲而且圓活，剛勁與圓活相得益彰。雖然其字每小在厘米以下，然懸針垂露之異毫無含糊之處。

此卷行草，筆筆自楷書來，是以其書如武林高手，樁功堅實，絶無花拳繡腿之態。誠如宋米芾所言：「得筆，則雖細爲髭髮亦圓；不得筆，雖粗如椽亦褊。」余每將唐本之字放大至徑寸而觀之，其氣勢依然俱在，此誠唐人小字用大字法的精品之作。

對於唐本中有些字，如「兩」和「雨」難分，「輊」耶「輕」耶？頗費思量；「謝」與「衡」之形，足供商榷。如此問題余皆箋注細解，由於學識淺陋，舛誤必多，恭請大方之家不吝賜教。

對於敦煌唐寫本之書法價值，國學大師饒宗頤先生也有過高度的評價和認可。他認爲此唐寫本《文心雕龍》殘卷「雖無鈎鎖連環之奇，而有風行雨散之致，可與日本皇室所藏相傳爲賀知章草書《孝經》相媲美」。[一]如今，余以爲要弘揚敦煌文化，亟需有大量敦煌藏行草書精品寫卷面世，才能達到普及之可能。

爲此，深盼出版界與學界黽勉同心，有計劃地將敦煌遺書中精品行草寫卷以原大本形式彩色影印出版。誠能如此，徹底釋校敦煌行草寫卷的工作就指日可待，可期嘉惠學林，善莫大焉。

〔一〕饒宗頤：《敦煌寫卷之書法》，《東方文化》一九五九至一九六〇年第五卷第一至二期合刊，香港大學，一九六五，第四一至四四頁。

参考文献

杜澤遜審定《黄叔琳注本文心雕龍》，國家圖書館出版社，二〇一七。
方廣錩：《現存最早的粘葉裝書籍——敦煌遺書斯05478號〈文心雕龍〉裝幀研究》，《文獻》二〇一六年第三期。
伏俊璉：《敦煌文學總論》，甘肅教育出版社，二〇一三。
姜亮夫：《莫高窟年表》，上海古籍出版社，一九八五。
（梁）劉勰著，林其錟、陳鳳金集校《敦煌遺書文心雕龍殘卷集校》，上海書店出版社，一九九一。
（梁）劉勰著，林其錟、陳鳳金集校《增訂文心雕龍集校合編》，上海書店出版社，一九九一。
林其錟：《〈文心雕龍〉唐宋元版本價值略説》，《文獻》一九九二年第二期。
林其錟：《文心雕龍主要版本源流考略》，載《〈文心雕龍〉研究》第三輯，北京大學出版社，一九九五。
劉詩：《中國古代書法家》，文物出版社，二〇〇三。
牟世金：《劉勰生平新考》，《山東大學學報》（哲學社會科學版）一九八七年第一期（復刊號）。
（清）章學誠著《文史通義校注》，葉瑛校注，中華書局，一九八三。
饒宗頤：《敦煌寫卷之書法》，《東方文化》一九五九至一九六〇年第五卷第一至二期合刊，香港大學，一九六五。
〔日〕户田浩曉：《作爲校勘資料的文心雕龍敦煌本》，載王元化選編《日本研究〈文心雕龍〉論文集》，齊魯書社，一九八三。
〔日〕鈴木虎雄：《黄叔琳本〈文心雕龍〉校勘記》，載（梁）劉勰著，范文瀾注《文心雕龍注》卷首，人民文學出版社，一九五八。
（唐）魏徵等撰《隋書》，中華書局，一九七三。
（唐）姚思廉撰《梁書》，中華書局，一九七三。
楊明照：《〈文心雕龍〉版本經眼録》，載王元化主編《學術集林》第十一卷，上海遠東出版社，一九九七。
張涌泉：《敦煌本〈文心雕龍〉抄寫時間辨考》，《文學遺産》一九九七年第一期。
趙萬里：《唐寫本文心雕龍殘卷校記》，《清華學報》一九二六年第三卷第一期，載王重民《敦煌古籍叙録》，中華書局，一九七九。
鄭汝中：《敦煌寫卷行草書法集》，甘肅人民美術出版社，二〇〇〇。

圖書在版編目（CIP）數據

文心雕龍上部殘本 / 吕義編著. --北京：社會科學文獻出版社，2022. 6
（敦煌草書寫本識粹 / 馬德，吕義主編）
ISBN 978-7-5201-9582-9

Ⅰ. ①文… Ⅱ. ①吕… Ⅲ. ①文學理論－中國－南朝時代 ②《文心雕龍》－古典文學研究 Ⅳ. ①I206.2

中國版本圖書館CIP數據核字（2021）第276758號

· 敦煌草書寫本識粹 ·
文心雕龍上部殘本

主　　編 / 馬　德　吕　義
編　　著 / 吕　義

出 版 人 / 王利民
責任編輯 / 周雪林
責任印製 / 王京美

出　　版 / 社會科學文獻出版社
地址：北京市北三環中路甲29號院華龍大厦　郵編：100029
網址：www.ssap.com.cn
發　　行 / 社會科學文獻出版社（010）59367028
印　　裝 / 北京盛通印刷股份有限公司

規　　格 / 開　本：889mm×1194mm　1/16
印　張：11.25　字　數：92千字　幅　數：83幅
版　　次 / 2022年6月第1版　2022年6月第1次印刷
書　　號 / ISBN 978-7-5201-9582-9
定　　價 / 398.00圓

讀者服務電話：4008918866